열두 개의 달 시화집

합본 에디션

■ 일러두기
시인 고유의 필치(筆致)를 살리기 위해 표기와 맞춤법은 되도록 초판본을 따랐습니다.

열두 개의 달 시화집

합본 에디션

시인

윤동주 · 백석 · 정지용 · 김소월 · 김영랑 · 이상 · 한용운 · 변영로 · 강경애 · 고석규 · 권태응 · 권환 · 김명순 · 김상용 · 김억 · 노자영 · 박용철 · 박인환 · 방정환 · 심훈 · 오일도 · 오장환 · 윤곤강 · 이병각 · 이상화 · 이용악 · 이육사 · 이장희 · 이해문 · 장정심 · 정지상 · 조명희 · 허민 · 홍사용 · 황석우 · 가가노 지요니 · 고바야시 잇사 · 기노 쓰라유키 · 노자와 본초 · 다이구 료칸 · 다카라이 기카쿠 · 다카이 기토 · 다카하마 교시 · 마사오카 시키 · 마쓰세 세이세이 · 마쓰오 바쇼 · 모리카와 교리쿠 · 무카이 교라이 · 미사부로 데이지 · 미야자와 겐지 · 사이교 · 아라키다 모리다케 · 아리와라노 나리히라 · 야마구치 소도 · 오스가 오쓰지 · 오시마 료타 · 요사 부손 · 이즈미 시키부 · 이케니시 곤스이 · 타네다 산토카 · 라이너 마리아 릴케 · 로버트 시모어 브리지스 · 에밀리 디킨슨 · 크리스티나 로세티 · 프랑시스 잠

화가

클로드 모네 · 에곤 실레 · 귀스타브 카유보트 · 파울 클레 · 차일드 하삼 · 에드워드 호퍼 · 제임스 휘슬러 · 앙리 마티스 · 카미유 피사로 · 빈센트 반 고흐 · 모리스 위트릴로 · 칼 라르손

저녁달
고양이

차례

一月. 지난밤에 눈이 소오복이 왔네

一日。 서시 _윤동주

二日。 바람이 불어 _윤동주

三日。 가슴 _윤동주

四日。 못 자는 밤 _윤동주

五日。 내가 이렇게 외면하고 _백석

六日。 저녁해ㅅ살 _정지용

七日。 하이쿠 _다카하마 교시

八日。 설상소요(雪上逍遙) _변영로

九日。 국수 _백석

十日。 눈 _윤동주

十一日。 개 _윤동주

十二日。 거짓부리 _윤동주

十三日。 눈보라 _오장환

十四日。 유리창(琉璃窓) 1 _정지용

十五日。 나 취했노라 _백석

十六日。 하이쿠 _기노 쓰라유키

十七日。 통영(統營) _백석

十八日。 그때 _장정심

十九日。 햇빛·바람 _윤동주

二十日。 흰 바람벽이 있어 _백석

二十一日。 생시에 못 뵈올 님을 _변영로

二十二日。 호수 _정지용

二十三日。 그리워 _정지용

二十四日。 탕약 _백석

二十五日。 밤기차에 그대를 보내고 _박용철

二十六日。 월광(月光) _권환

二十七日。 눈 _윤동주

二十八日。 추억(追憶) _윤곤강

二十九日。 눈은 내리네 _이장희

三十日。 산상(山上) _윤동주

三十一日。 언덕 _박인환

二月. 나는 내 슬픔과 어리석음에 눌리어

一日。 길 _윤동주

二日。 아우의 인상화(印象畵) _윤동주

三日。 숨스기 내기 _정지용

四日。 노래 - 내가 죽거든 _크리스티나 로세티

五日。 이월 햇발 _변영로

六日。 못 잊어 _김소월

七日。 잠 놓친 밤 _변영로

八日。 사랑하는 까닭 _한용운

九日。 슬픈 족속(族屬) _윤동주

十日。 하이쿠 _다이구 료칸

十一日。 모란봉에서 _윤동주

十二日。 여우난골족 _백석

十三日。 비로봉 _윤동주

十四日。 하이쿠 _고바야시 잇사

十五日。 두보나 이백같이 _백석

十六日。 십자가 _윤동주

十七日。 산협(山峽)의 오후 _윤동주

十八日。 목구(木具) _백석

十九日。 하이쿠 _가가노 지요니

二十日。 나는 왕(王)이로소이다 _홍사용

二十一日。 시계 _권환

二十二日。 남신의주 유동 박시봉방 _백석

二十三日。 기다리는 봄 _윤곤강

二十四日。 새벽이 올 때까지 _윤동주

二十五日。 팔복(八福) _윤동주

二十六日。 달 좇아 _조명희

二十七日。 이별 _윤동주

二十八日。 묻지 마오 _장정심

二十九日。 고배(苦盃) _노자영

三月. 포근한 봄 졸음이 떠돌아라

一日。 봄 _윤동주

二日。 봄은 고양이로다 _이장희

三日。 하이쿠 _타네다 산토카

四日。 사랑스런 추억 _윤동주

五日。 봄 비 _변영로

六日。 사모(思慕) _노자영

七日。 하이쿠 _마쓰세 세이세이

八日。 바람과 봄 _김소월

九日。 봄을 흔드는 손이 있어 _이해문

十日。 물 _변영로

十一日。 새로운 길 _윤동주

十二日。 하이쿠 _마사오카 시키

十三日。 병아리 _윤동주

十四日。 산울림 _윤동주

十五日。 어머니의 웃음 _이상화

十六日。 봄 밤 _노자영

十七日。 봄철의 바다 _이장희

十八日。 고방 _백석

十九日。 포플라 _윤곤강

二十日。 종달새 _윤동주

二十一日。 고백 _윤곤강

二十二日。 부슬비 _허민

二十三日。 연애 _박용철

二十四日。 호면 _정지용

二十五日。 널빤지에서 널빤지로 _에밀리 디킨슨

二十六日。 봄으로 가자 _허민

二十七日。 하이쿠 _가가노 지요니

二十八日。 이적 _윤동주

二十九日。 유언 _윤동주

三十日。 어머니 _윤동주

三十一日。 구름 _박인환

四月. 산에는 꽃이 피네

一日。 하이쿠 _아리와라노 나리히라

二日。 청양사 _장정심

三日。 끝없는 강물이 흐르네 _김영랑

四日。 산유화 _김소월

五日。 사랑의 전당 _윤동주

六日。 돌담에 속삭이는 햇발 _김영랑

七日。 산골물 _윤동주

八日。 꿈밭에 봄 마음 _김영랑

九日。 하이쿠 _고바야시 잇사

十日。 그 노래 _장정심

十一日。 하이쿠 _가가노 지요니

十二日。 돌팔매 _오일도

十三日。 공상 _윤동주

十四日。 봄은 간다 _김억

十五日。 하이쿠 _다카이 기토

十六日。 양지쪽 _윤동주

十七日。 고양이의 꿈 _이장희

十八日。 울적 _윤동주

十九日。 해바라기씨 _정지용

二十日。 위로 _윤동주

二十一日。 오줌싸개 지도 _윤동주

二十二日。 애기의 새벽 _윤동주

二十三日。 형제별 _방정환

二十四日。 도요새 _오일도

二十五日。 하이쿠 _마쓰오 바쇼

二十六日。 꽃이 먼저 알아 _한용운

二十七日。 봄 2 _윤동주

二十八日。 새 봄 _조명희

二十九日。 달밤 _윤곤강

三十日。 저녁 _이장희

五月. 다정히도 불어오는 바람

一日。 장미 _이병각

二日。 모란이 피기까지는 _김영랑

三日。 손수건 _장정심

四日。 언덕에 바로 누워 _김영랑

五日。 빛깔 환히 _김영랑

六日。 하이쿠 _고바야시 잇사

七日。 뉘 눈결에 쏘이었소 _김영랑

八日。 하이쿠 _아라키다 모리다케

九日。 다정히도 불어오는 바람 _김영랑

十日。 꽃나무 _이상

十一日。 꽃모중 _권태응

十二日。 남으로 창을 내겠오 _김상용

十三日。 허리띠 매는 시악시 _김영랑

十四日。 장미 병들어 _윤동주

十五日。 그대가 누구를 사랑한다 할 때 _김상용

十六日。 풍경 _윤동주

十七日。 장미 _노자영

十八日。 '호박꽃 초롱' 서시 _백석

十九日。 향내 없다고 _김영랑

二十日。 피아노 _장정심

二十一日。 오월한 _김영랑

二十二日。 그의 반 _정지용

二十三日。 가늘한 내음 _김영랑

二十四日。 오후의 구장 _윤동주

二十五日。 내 훗진 노래 _김영랑

二十六日。 오늘 _장정심

二十七日。 사랑의 몽상 _허민

二十八日。 봄 비 _노자영

二十九日。 꿈은 깨어지고 _윤동주

三十日。 기도 _김명순

三十一日。 하이쿠 _타데나 산토카

六月. 이파리를 흔드는 저녁 바람이

一日。 그 노래 _장정심

二日。 나무 _윤동주

三日。 첫여름 _윤곤강

四日。 개똥벌레 _윤곤강

五日。 반디불 _윤동주

六日。 여름밤의 풍경 _노자영

七日。 숲 향기 숨길 _김영랑

八日。 여름밤이 길어요 _한용운

九日。 정주성 _백석

十日。 산림(山林) _윤동주

十一日。 하이쿠 _미사부로 데이지

十二日。 하몽(夏夢) _권환

十三日。 송인(送人) _정지상

十四日。 하이쿠 _요사 부손

十五日。 가슴 1 _윤동주

十六日。 쉽게 쓰여진 시 _윤동주

十七日。 아침 _윤동주

十八日。 몽미인(夢美人) _변영로

十九日。 사랑 _황석우

二十日。 한 조각 하늘 _박용철

二十一日。 그대는 호령도 하실 만하다 _김영랑

二十二日。 유월 _윤곤강

二十三日。 병원 _윤동주

二十四日。 밤 _정지용

二十五日。 가로수(街路樹) _윤동주

二十六日。 하이쿠 _오스가 오쓰지

二十七日。 눈 감고 간다 _윤동주

二十八日。 개 _윤동주

二十九日。 바람과 노래 _김명순

三十日。 6월이 오면, 인생은 아름다워라
_로버트 S. 브리지스

七月. 천둥소리가 저 멀리서 들려오고

一日。 만엽집의 단가

二日。 비 오는 밤 _윤동주

三日。 어느 여름날 _노자영

四日。 청포도 _이육사

五日。 비 _백석

六日。 장마 _고석규

七日。 하이쿠 _마사오카 시키

八日。 빨래 _윤동주

九日。 기왓장 내외 _윤동주

十日。 나의 창(窓) _윤곤강

十一日。 눈물이 쉬루르 흘러납니다 _김소월

十二日。 수풀 아래 작은 샘 _김영랑

十三日。 비 갠 아침 _이상화

十四日。 할아버지 _정지용

十五日。 사과 _윤동주

十六日。 밤에 오는 비 _허민

十七日。 하이쿠 _다이구 료칸

十八日。 맑은 물 _허민

十九日。 반달과 소녀(少女) _한용운

二十日。 하일소경(夏日小景) _이장희

二十一日。 창문 _장정심

二十二日。 하이쿠 _사이교

二十三日。 별바다의 기억(記憶) _윤곤강

二十四日。 잠자리 _윤곤강

二十五日。 외갓집 _윤곤강

二十六日。 하이쿠 _고바야시 잇사

二十七日。 바다 1 _정지용

二十八日。 물결 _노자영

二十九日。 하답(夏畓) _백석

三十日。 선우사(膳友辭) – 함주시초(咸州詩抄) 4 _백석

三十一日。 햇비 _윤동주

八月. 그리고 지중지중 물가를 거닐면

一日。 바다 _백석

二日。 바다 _윤동주

三日。 하이쿠 _요사 부손

四日。 창공(蒼空) _윤동주

五日。 둘 다 _윤동주

六日。 산촌(山村)의 여름 저녁 _한용운

七日。 소낙비 _윤동주

八日。 여름밤 _노자영

九日。 고추밭 _윤동주

十日。 바다 2 _정지용

十一日。 화경(火鏡) _권환

十二日。 어느 날 _변영로

十三日。 하이쿠 _마쓰오 바쇼

十四日。 해바라기 얼굴 _윤동주

十五日。 소나기 _윤곤강

十六日。 바다로 가자 _김영랑

十七日。 조개껍질 _윤동주

十八日。 비스뒤 _윤동주

十九日。 아지랑이 _윤곤강

二十日。 봉선화 _이장희

二十一日。 들에서 _이장희

二十二日。 수박의 노래 _윤곤강

二十三日。 빗자루 _윤동주

二十四日。 저녁노을 _윤곤강

二十五日。 하이쿠 _모리카와 교리쿠

二十六日。 바다에서 _윤곤강

二十七日。 나의 밤 _윤곤강

二十八日。 하이쿠 _마쓰오 바쇼

二十九日。 물 보면 흐르고 _김영랑

三十日。 여름밤 공원에서 _이장희

三十一日。 어디로 _박용철

九月. 오늘도 가을바람은 그냥 붑니다

一日。 소년 _윤동주

二日。 코스모스 _윤동주

三日。 가을날 _라이너 마리아 릴케

四日。 그 여자(女子) _윤동주

五日。 오늘 문득 _강경애

六日。 그네 _장정심

七日。 창(窓) _윤동주

八日。 비둘기 _윤동주

九日。 마음의 추락 _박용철

十日。 언니 오시는 길에 _김명순

十一日。 고향 _백석

十二日。 귀뚜라미와 나와 _윤동주

十三日。 하이쿠 _오시마 료타

十四日。 이것은 인간의 위대한 일들이니 _프랑시스 잠

十五日。 먼 후일 _김소월

十六日。 비오는 거리 _이병각

十七日。 가을밤 _윤동주

十八日。 남쪽 하늘 _윤동주

十九日。 향수(鄕愁) _정지용

二十日。 고향집 - 만주에서 부른 _윤동주

二十一日。 벌레 우는 소리 _이장희

二十二日。 하이쿠 _다카라이 기카쿠

二十三日。 가을밤 _이병각

二十四日。 거리에서 _윤동주

二十五日。 사개 틀린 고풍의 툇마루에 _김영랑

二十六日。 나의 집 _김소월

二十七日。 하이쿠 _이즈미 시키부

二十八日。 오-매 단풍 들것네 _김영랑

二十九日。 한동안 너를 _고석규

三十日。 달을 잡고 _허민

十月. 달은 내려와 꿈꾸고 있네

一日。 별 헤는 밤 _윤동주

二日。 자화상 _윤동주

三日。 쓸쓸한 길 _백석

四日。 추야일경(秋夜一景) _백석

五日。 늙은 갈대의 독백 _백석

六日。 내 옛날 온 꿈이 _김영랑

七日。 하이쿠 _다카하마 교시

八日。 목마와 숙녀 _박인환

九日。 달밤 – 도회(都會) _이상화

十日。 절망(絶望) _백석

十一日。 달밤 _윤동주

十二日。 하이쿠 _가가노 지요니

十三日。 비 _정지용

十四日。 낮의 소란 소리 _김영랑

十五日。 쓸쓸한 시절 _이장희

十六日。 어머님 _장정심

十七日。 하이쿠 _사이교

十八日。 밤 _윤동주

十九日。 하이쿠 _이케니시 곤스이

二十日。 가을 _라이너 마리아 릴케

二十一日。 청시(青柿) _백석

二十二日。 수라(修羅) _백석

二十三日。 나는 네 것 아니라 _박용철

二十四日。 토요일 _윤곤강

二十五日。 비에 젖은 마음 _박용철

二十六日。 낙엽 _윤곤강

二十七日。 당신의 소년은 _이용악

二十八日。 내 탓 _장정심

二十九日。 황홀한 달빛 _김영랑

三十日。 하이쿠 _마쓰오 바쇼

三十一日。 달을 쏘다 _윤동주

十一月. 오래간만에 내 마음은

一日。 첫눈 _심훈

二日。 참새 _윤동주

三日。 가슴 2 _윤동주

四日。 사랑은 _변영로

五日。 첫겨울 _오장환

六日。 하이쿠 _노자와 본초

七日。 참회록 _윤동주

八日。 해후 _박용철

九日。 저녁때 외로운 마음 _김영랑

十日。 하이쿠 _무카이 교라이

十一日。 흐르는 거리 _윤동주

十二日。 달같이 _윤동주

十三日。 겨울 _정지용

十四日。 싸늘한 이마 _박용철

十五日。 비에도 지지 않고 _미야자와 겐지

十六日。 돌아와 보는 밤 _윤동주

十七日。 하이쿠 _야마구치 소도

十八日。 무서운 시간(時間) _윤동주

十九日。 새 한 마리 _이장희

二十日。 백지편지 _장정심

二十一日。 황혼(黃昏)이 바다가 되어 _윤동주

二十二日。 홍시 _정지용

二十三日。 추억 _노자영

二十四日。 흰 그림자 _윤동주

二十五日。 너의 그림자 _박용철

二十六日。 유리창 2 _정지용

二十七日。 눈 오는 저녁 _노자영

二十八日。 멋 모르고 _윤곤강

二十九日。 밤의 시름 _윤곤강

三十日。 별똥 떨어진 데 _윤동주

十二月. 편편이 흩날리는 저 눈송이처럼

一日。 편지 _윤동주

二日。 호주머니 _윤동주

三日。 내 마음을 아실 이 _김영랑

四日。 나와 나타샤와 흰당나귀 _백석

五日。 하이쿠 _요사 부손

六日。 눈 오는 지도(地圖) _윤동주

七日。 하이쿠 _마쓰오 바쇼

八日。 눈 밤 _심훈

九日。 이런 시(時) _이상

十日。 사랑과 잠 _황석우

十一日。 하이쿠 _마쓰오 바쇼

十二日。 명상(瞑想) _윤동주

十三日。 꿈 깨고서 _한용운

十四日。 창 구멍 _윤동주

十五日。 이별을 하느니 _이상화

十六日。 당신에게 _장정심

十七日。 하염없는 바람의 노래 _박용철

十八日。 그리움 _이용악

十九日。 고야(古夜) _백석

二十日。 편지 _노자영

二十一日。 설야(雪夜) _이병각

二十二日。 눈 오는 아츰 _김상용

二十三日。 순례의 서 _라이너 마리아 릴케

二十四日。 님의 손길 _한용운

二十五日。 새로워진 행복 _박용철

二十六日。 간판 없는 거리 _윤동주

二十七日。 하이쿠 _이케니시 곤스이

二十八日。 개 _백석

二十九日。 마당 앞 맑은 새암을 _김영랑

三十日。 전라도 가시내 _이용악

三十一日。 그믐밤 _허민

정월의 냇물은
얼었다 녹았다 정다운데
세상 가운데 나고는
이 몸은 홀로 지내누나.

_고려가요 '동동' 중 一月

一月.
지난밤에 눈이 소오복이 왔네

화가　클로드 모네

시인　윤동주
　　　백석
　　　정지용
　　　박인환
　　　윤곤강
　　　박용철
　　　이장희
　　　권환
　　　변영로
　　　오장환
　　　장정심
　　　다카하마 교시
　　　기노 쓰라유키

클로드 모네 Oscar-Claude Monet

1840~1926. 프랑스의 화가. 파리 출생. 소년 시절을 르아브르에서 보냈으며, 18세 때 그곳에서 화가 로댕을 만나, 외광(外光) 묘사에 대한 초보적인 화법을 배웠다. 19세 때 파리로 가서 아카데미 스위스에 들어가, 피사로와 어울렸다. 1862년부터는 전통주의 화가 샤를 글레르 밑에서 쿠르베나 마네의 영향을 받아 인물화를 그렸지만 2년 후 화실이 문을 닫게 되자, 친구 프리데리크 바지유와 함께 인상주의의 고향이라 불리는 노르망디 옹플뢰르에 머물며 자연을 주제로 한 인상주의 화풍을 갖춰나갔다.

1874년 파리로 돌아온 모네는 바지유와 함께 작업실을 마련하여, '화가·조각가·판화가·무명예술가 협회전'을 개최하고 여기에 12점의 작품을 출품하여 호평을 받았다. 출품된 작품 중 〈인상·일출(soleil levant Impression)〉이라는 작품의 제목에서, '인상파'라는 이름이 모네를 중심으로 한 화가집단에 붙여졌다. 이후 1886년까지 8회 계속된 인상파전에 5회에 걸쳐 많은 작품을 출품하여 대표적 지도자로 위치를 굳혔다.

한편 1878년에는 센 강변의 베퇴유, 1883년에는 지베르니로 주거를 옮겨 작품을 제작하였고, 만년에는 저택 내 넓은 연못에 떠 있는 연꽃을 그리는 데 몰두하였다. 작품은 외광(外光)을 받은 자연의 표정을 따라 밝은색을 효과적으로 구사하고, 팔레트 위에서 물감을 섞지 않는 대신 '색조의 분할'이나 '원색의 병치(倂置)'를 이행하는 등, 인상파 기법의 한 전형을 개척하였다. 자연을 감싼 미묘한 대기의 뉘앙스나 빛을 받고 변화하는 풍경의 순간적 양상을 그려내려는 그의 의도는 〈루앙대성당〉〈수련(睡蓮)〉 등에서 보듯이 동일주제를 아침, 낮, 저녁으로 시간에 따라 연작한 태도에서도 충분히 엿볼 수 있다. 이 밖에 〈소풍〉〈강〉 등의 작품도 널리 알려져 있다. 만년에는 눈병을 앓다가 86세에 세상을 떠났다.

Water Lilies (Agapanthus) 1915~1926

서시

윤동주

죽는 날까지 하늘을 우러러
한 점 부끄럼이 없기를,
잎새에 이는 바람에도
나는 괴로워했다.
별을 노래하는 마음으로
모든 죽어가는 것을 사랑해야지.
그리고 나한테 주어진 길을
걸어가야겠다.

오늘 밤에도 별이 바람에 스치운다.

Impression, Sunrise 1872

바람이 불어

윤동주

바람이 어디로부터 불어와
어디로 불려가는 것일까.

바람이 부는데
내 괴로움에는 이유(理由)가 없다.
내 괴로움에는 이유(理由)가 없을까,

단 한 여자(女子)를 사랑한 일도 없다.
시대(時代)를 슬퍼한 일도 없다.

바람이 자꾸 부는데
내 발이 반석 위에 섰다.

강물이 자꾸 흐르는데
내 발이 언덕 위에 섰다.

Étretat In The Rain 1886

가슴

윤동주

불 꺼진 화독을
안고 도는 겨울밤은 깊었다.

재(灰)만 남은 가슴이
문풍지 소리에 떤다.

Camille 1866

Bouquet Of Sunflowers 1881

Cabin Of The Customs Watch 1882

못 자는 밤

윤동주

하나, 둘, 셋, 넷
....
밤은
많기도 하다.

The Boat Studio 1874

내가 이렇게 외면하고

백석

내가 이렇게 외면하고 거리를 걸어가는 것은
잠풍 날씨가 너무 좋은 탓이고

가난한 동무가 새 구두를 신고 지나간 탓이고 언제나
꼭 같은 넥타이를 매고 고운 사람을 사랑하는 탓이다

내가 이렇게 외면하고 거리를 걸어가는 것은
또 내 많지 못한 월급이 얼마나 고마운 탓이고

이렇게 젊은 나이로 코밑수염도 길러보는 탓이고
그리고 어느 가난한 집 부엌으로 달재 생선을 진장에
꼿꼿이 지진 것은 맛도 있다는 말이 자꾸 들려오는 탓이다

Houses On The Achterzaan 1871

저녁해ㅅ살

정지용

불 피여으르듯 하는 술
한숨에 키여도 아아 배곺아라.

수저븐 듯 노힌 유리
바쟉 바쟉 씹는 대도 배곺으리.

네 눈은 고만(高慢)스런 흑(黑) 단초.
네 입술은 서운한 가을철 수박 한 점.

빨어도 빨어도 배곺으리.

술집 창문에 붉은 저녁해ㅅ살
연연하게 탄다, 아아 배곺아라.

The Seine At Bougival In The Evening 1870

겨울 햇살이
지금 눈꺼풀 위에
무거워라

冬日今瞼にありて重たけれ

다카하마 교시

The Magpie 1868~1869

The Doge's Palace Seen From San Giorgio Maggiore 1908

The Grand Canal, Venice 1908

설상소요(雪上逍遙)

변영로

곱게 비인 마음으로
눈 위를 걸으면 눈 위를 걸으면
하얀 눈은 눈으로 들어오고
머리 속으로 기어들어 가고
마음 속으로 스며들어 와서
붉던 사랑도 하애지게 하고
누르던 걱정도 하애지게 하고
푸르던 희망도 하애지게 하며
검던 미움도 하애지게 한다.
어느 덧 나도 눈이 돼 하얀 눈이 되어
환괴(幻怪)한 곡선(曲線)을 대공(大空)에 그리우며 내리는
동무축에 휩싸이어 내려간다—
곱고 아름다움으로 근심과
죽음이 생기는
색채(色彩)와 형태(形態)의 세계(世界)를 덮으려.
아름다웁던 〈폼페이〉를 내려 덮은
뻬쓰 뿌쓰 화산(火山)의 재같이!

Road, Snow Effect, Sunset 1869

국수

백석

눈이 많이 와서

산엣새가 벌로 나려 멕이고

눈구덩이에 토끼가 더러 빠지기도 하면

마을에는 그 무슨 반가운 것이 오는가 보다

한가한 애동들은 어둡도록 꿩사냥을 하고

가난한 엄매는 밤중에 김치가재미로 가고

마을을 구수한 즐거움에 싸서 은근하니 홍성홍성 들뜨게 하며

이것은 오는 것이다

이것은 어느 양지귀 혹은 능달쪽 외따른 산녚은댕이 예데가리 밭에서

하로밤 뿌오햔 흰김 속에 접시귀 소기름불이 뿌우현 부엌에

산멍에 같은 분틀을 타고 오는 것이다

이것은 아득한 넷날 한가하고 즐겁든 세월로부터

실 같은 봄비 속을 타는 듯한 녀름볕 속을 지나서 들쿠레한

구시월 갈바람 속을 지나서

대대로 나며 죽으며 죽으며 나며 하는 이 마을 사람들의

으젓한 마음을 지나서 텁텁한 꿈을 지나서

지붕에 마당에 우물든덩에 함박눈이 푹푹 쌓이는 여늬 하로밤
아배 앞에 그 어린 아들 앞에 아배 앞에는 왕사발에 아들
앞에는 새끼사발에 그득히 사리워 오는 것이다
이것은 그 곰의 잔등에 업혀서 길여났다는 먼 녯적 큰마니가
또 그 짚등색이에 서서 자채기를 하면 산 넘엣 마을까지 들렸다는
먼 녯적 큰아바지가 오는 것같이 오는 것이다

아, 이 반가운 것은 무엇인가
이 히수무레하고 부드럽고 수수하고 습습한 것은 무엇인가
겨울밤 쩡하니 닉은 동티미국을 좋아하고 얼얼한 댕추가루를
좋아하고 싱싱한 산꿩의 고기를 좋아하고
그리고 담배 내음새 탄수 내음새 또 수육을 삶는 육수국 내음새
자욱한 더북한 삿방 쩔쩔 끓는 아르굴을 좋아하는 이것은 무엇인가

이 조용한 마을과 이 마을의 으젓한 사람들과 살틀하니
친한 것은 무엇인가
이 그지없이 고담하고 소박한 것은 무엇인가

Le Pont Neuf 1873

Lavacourt Under Snow 1881

눈

윤동주

눈이
새하얗게 와서
눈이
새물새물 하오.

Snow Effect Giverny 1893

개

윤동주

눈 위에서
개가
꽃을 그리며
뛰오.

Snow At Argenteuil 1875

거짓부리

윤동주

똑, 똑, 똑,
문 좀 열어 주세요
하룻밤 자고 갑시다
── 밤은 깊고 날은 추운데
── 거 누굴까
문 열어 주고 보니
검둥이의 꼬리가
거짓부리 한 걸.
꼬기요, 꼬기요,
달걀 낳았다.
간난아 어서 집어 가거라
── 간난이가 뛰어가 보니
── 달걀은 무슨 달걀,
고놈의 암탉이
대낮에 새빨간
거짓부리 한 걸.

The Child Has The Cup Portrait Of Jean Monet 1868

눈보라

눈보라는 무섭게 휘모라치고
끝없는 벌판에
보지 못하든 썰매가 달리어간다.

낯서른 젊은 사내가 썰매를 타고
달리어간다.

나의 행복은 어듸에 있느냐
미칠 것 같은 나의 기쁨은 어듸에 있느냐
모든 것은
사나운 선풍 밑으로
똑같이 미쳐 날뛰는 썰매를 타고 가버리었다.

Le Givre In Giverny 1885

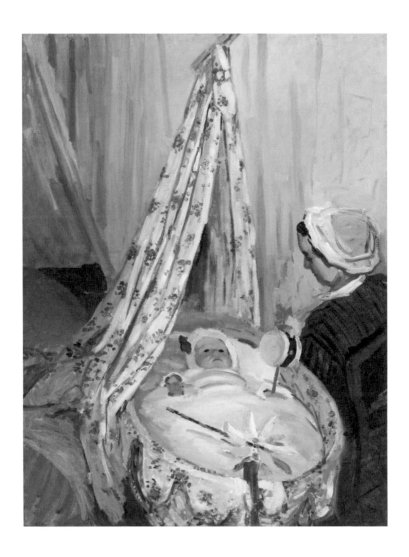

The Cradle, Camille With The Artist's Son Jean 1867

Interior, After Dinner 1868~1869

유리창(琉璃窓) 1

정지용

유리(琉璃)에 차고 슬픈 것이 어린거린다.
열없이 붙어서서 입김을 흐리우니
길들은 양 언 날개를 파닥거린다.

지우고 보고 지우고 보아도
새까만 밤이 밀려 나가고 밀려와 부딪치고,
물먹은 별이, 반짝, 보석(寶石)처럼 백힌다.

밤에 홀로 유리(琉璃)를 닦는 것은
외로운 황홀한 심사이어니,
고운 폐혈관(肺血管)이 찢어진 채로
아아, 늬는 산(山)새처럼 날러 갔구나!

Rocks At Port-Goulphar, Belle-Île 1886

나 취했노라

백석

나 취했노라
나 오래된 스코틀랜드 술에 취했노라
나 슬픔에 취했노라
나 행복해진다는 생각, 불행해진다는 생각에 취했노라
나 이 밤 공허하고 허무한 인생에 취했노라

Madame Monet Wearing A Kimono 1875

われ 酔(よい)へり

われ 酔(よい)へり
われ 古(ふる)き蘇格蘭土(スコットランド)の酒(さ
け)に酔(よい)へり
われ 悲(かなし)みに酔(よい)へり
われ 幸福(こうふく)なることまた不幸(ふこう)なる
ことの思(おも)ひに酔(よい)へり
われ この夜(よる)空(むな)しく虚(きょ)なる人生(じ
んせい)に酔(よい)へり

Red Azaleas In A Pot 1883

색깔도 없던
마음을 그대의 색으로
물들인 후로
그 색이 바래는 것은
생각할 수도 없어라

色もなき心を人に染めしより
うつろはむとは思ほえなくに

기노 쓰라유키

Jerusalem Artichoke Flowers 1880

통영(統營)

백석

구마산(舊馬山)의 선창에선 좋아하는 사람이 울며 나리는 배에
올라서 오는 물길이 반날
갓 나는 고당은 갓갓기도 하다

바람맛도 짭짤한 물맛도 짭짤한

전복에 해삼에 도미 가재미의 생선이 좋고
파래에 아개미에 호루기의 젓갈이 좋고

새벽녘의 거리엔 쾅쾅 북이 울고
밤새껏 바다에선 뿡뿡 배가 울고

자다가도 일어나 바다로 가고 싶은 곳이다

집집이 아이만한 피도 안 간 대구를 말리는 곳
황화장사 령감이 일본말을 잘도 하는 곳
처녀들은 모두 어장주(漁場主)한테 시집을 가고 싶어한다는 곳

산 너머로 가는 길 돌각담에 갸웃하는 처녀는 금(錦)이라는 이 같고
내가 들은 마산(馬山) 객주(客主)집의 어린 딸은 난(蘭)이라는 이 같고
난(蘭)이라는 이는 명정(明井)골에 산다든데
명정(明井)골은 산을 넘어 동백(冬栢)나무 푸르른 감로(甘露) 같은 물이
솟는 명정(明井) 샘이 있는 마을인데
샘터엔 오구작작 물을 긷는 처녀며 새악시들 가운데 내가 좋아하는 그
이가 있을 것만 같고
내가 좋아하는 그이는 푸른 가지 붉게붉게 동백꽃 피는 철엔 타관 시
집을 갈 것만 같은데
긴 토시 끼고 큰머리 얹고 오불고불 넘엣거리로 가는 여인은 평안도
(平安道)서 오신 듯한데 동백꽃 피는 철이 그 언제요

녯 장수 모신 낡은 사당의 돌층계에 주저앉어서 나는 이 저녁 울 듯 울
듯 한산도(閑山島) 바다에 뱃사공이 되여가며
녕 낮은 집 담 낮은 집 마당만 높은 집에서 열나흘 달을 업고 손방아만
찧는 내 사람을 생각한다

Woman With A Parasol, Madame Monet And Her Son 1875

The Beach At Sainte-Adresse 1867

그때

장정심

내가 당신을 기다릴 때마다
지체 말고 오시라 했지오
내가 당신을 부를 때마다
곧 대답하고 오시라 했지오

그러나 당신이 오셨을 때는
기다리다 못해 지친 때입니다
그러나 당신이 오셨을 때는
대답이 없어 돌아갈 때이였읍니다

내가 꽃밭에 물을 줄 때
그때는 봄날이였읍니다
내가 뜰 아레 눈을 쓸 때
그때는 겨울날이였읍니다

그러나 당신이 오셨을 때는
낙엽이 떨어지던 때요
그러나 당신이 오셨을 때는
장마가 졌을 때이였읍니다

Poplars(Wind Effect) 1891

햇빛·바람

손가락에 침발러
쏘옥, 쏙, 쏙,
장에 가는 엄마 내다보려
문풍지를
쏘옥, 쏙, 쏙,
아침에 햇빛이 반짝,
손가락에 침발러
쏘옥, 쏙, 쏙,
장에 가신 엄마 돌아오나
문풍지를
쏘옥, 쏙, 쏙,
저녁에 바람이 솔솔.

The Customs House At Varengeville 1897

흰 바람벽이 있어

백석

오늘 저녁 이 좁다란 방의 흰 바람벽에
어쩐지 쓸쓸한 것만이 오고 간다
이 흰 바람벽에
희미한 십오촉 전등이 지치운 불빛을 내어던지고
때글은 다 낡은 무명샤쓰가 어두운 그림자를 쉬이고
그리고 또 달디단 따끈한 감주나 한잔 먹고 싶다고
생각하는 내 가지가지 외로운 생각이 헤매인다
그런데 이것은 또 어인 일인가
이 흰 바람벽에
내 가난한 늙은 어머니가 있다
내 가난한 늙은 어머니가
이렇게 시퍼러둥둥하니 추운 날인데 차디찬 물에
손은 담그고 무이며 배추를 씻고 있다
또 내 사랑하는 사람이 있다
내 사랑하는 어여쁜 사람이
어늬 먼 앞대 조용한 개포가의 나즈막한 집에서
그의 지아비와 마조 앉어 대구국을 끓여놓고 저녁을 먹는다
벌써 어린것도 생겨서 옆에 끼고 저녁을 먹는다

그런데 또 이즈막하야 어늬 사이엔가
이 흰 바람벽엔
내 쓸쓸한 얼골을 쳐다보며
이러한 글자들이 지나간다
──나는 이 세상에서 가난하고 외롭고 높고 쓸쓸하니
　　살어가도록 태어났다
　　그리고 이 세상을 살어가는데
　　내 가슴은 너무도 많이 뜨거운 것으로 호젓한 것으로
　　사랑으로 슬픔으로 가득 찬다
그리고 이번에는 나를 위로하는 듯이 나를 울력하는 듯이
눈질을 하며 주먹질을 하며 이런 글자들이 지나간다
──하눌이 이 세상을 내일 적에 그가 가장 귀해하고 사랑하는
　　것들은 모두 가난하고 외롭고 높고 쓸쓸하니 그리고 언제나
　　넘치는 사랑과 슬픔 속에 살도록 만드신 것이다
　　초생달과 바구지꽃과 짝새와 당나귀가 그러하듯이
　　그리고 또 '프랑시쓰 쨈'과 도연명과 '라이넬 마리아 릴케'가
　　그러하듯이

Snow Effect At Argenteuil 1874~1875

Madame Monet Embroidering 1875

생시에 못 뵈올 님을

변영로

생시에 못 뵈올 님을 꿈에나 뵐까 하여
꿈 가는 푸른 고개 넘기는 넘었으나
꿈조차 흔들리우고 흔들리어
그립던 그대 가까울 듯 멀어라.

아, 미끄럽지 않은 곳에 미끄러져
그대와 나 사이엔 만리가 격했어라.
다시 못 뵈올 그대의 고운 얼굴
사라지는 옛 꿈보다도 희미하여라.

The Red Kerchief 1868~1873

호수

정지용

얼골 하나야
손바닥 둘로
폭 가리지만,

보고 싶은 마음
호수(湖水)만 하니
눈 감을 밖에.

Morning On The Seine Near Giverny 1897

그리워

정지용

그리워 그리워 돌아와도
그리던 고향은 어디러뇨

동녘에 피어 있는 들국화 웃어주는데
마음은 어디고 붙일 곳 없어
먼 하늘만 바라보노라

눈물도 웃음도 흘러간 옛 추억
가슴 아픈 그 추억 더듬지 말자
내 가슴엔 그리움이 있고
나의 웃음도 연륜에 사라졌나니
내 그것만 가지고 가노라

그리워 그리워
그리워 찾아와도 고향은 없어
진종일 진종일 언덕길 헤매다 가네

Argenteuil 1872

탕약

백석

눈이 오는데
토방에서는 질화로 우에 곱돌탕관에 약이 끓는다
삼에 숙변에 목단에 백복령에 산약에
택사의 몸을 보한다는 육미탕이다
약탕관에서는 김이 오르며 달큼한 구수한 향기로운
내음새가 나고
약이 끓는 소리는 삐삐 즐거웁기도 하다

그리고 다 달인 약을 하이얀 약사발에 밭어놓은 것은
아득하니 깜하여 만년 넷적이 들은 듯한데
나는 두 손으로 고이 약그릇을 들고
이 약을 내인 넷사람들을 생각하노라면
내 마음은 끝없이 고요하고 또 맑어진다

The Luncheon 1868

밤기차에 그대를 보내고

박용철

1

온전한 어둠 가운데 사라져버리는
한낱 촛불이여.
이 눈보라 속에 그대 보내고 돌아서 오는
나의 가슴이여.
쓰린 듯 비인 듯한데 뿌리는 눈은
들어 안겨서
발마다 미끄러지기 쉬운 걸음은
자취 남겨서.
머지도 않은 앞이 그저 아득하여라.

2

밖을 내여다보려고 무척 애쓰는
그대도 설으렸다.
유리창 검은 밖에 제 얼굴만 비쳐 눈물은
그렁그렁하렸다.
내 방에 들면 구석구석이 숨겨진 그 눈은
내게 웃으렸다.
목소리 들리는 듯 성그리는 듯 내 살은
부대끼렸다.
가는 그대 보내는 나 그저 아득하여라.

3

얼어붙은 바다에 쇄빙선같이 어둠을
헤쳐나가는 너.
약한 정 뿌리쳐 떼고 다만 밝음을
찾아가는 그대.
부서진다 놀래랴 두 줄기 궤도를
타고 달리는 너.
죽음이 무서우랴 힘 있게 사는 길을
바로 닫는 그대.
실어가는 너 실려가는 그대 그저 아득하여라.

4

이제 아득한 겨울이면 머지 못할 봄날을
나는 바라보자.
봄날같이 웃으며 달려들 그의 기차를
나는 기다리자.
'잊는다' 말인들 어찌 차마! 이대로 웃기를
나는 배워보자.
하다가는 험한 길 헤쳐가는 그의 걸음을
본받아도 보자.
마침내는 그를 따르는 사람이라도 되어보리라.

Arrival Of The Normandy Train, Gare Saint-Lazare 1877

Auguste Renoir 1872

월광(月光)

권환

달빛이 푸르고 밝으니
어머니의 하 ── 얀 머리털
흰 백합화같이 아름다웠다

On The Boat 1887

눈

윤동주

지난밤에
눈이 소오복이 왔네

지붕이랑
길이랑 밭이랑
추워한다고
덮어주는 이불인가 봐

그러기에
추운 겨울에만 나리지

Sandvika, Norway 1895

추억(追憶)

윤곤강

하늘 위에
별떼가 얼어붙은 밤,

너와 나 단둘이
오도도 떨면서
싸늘한 밤거리를
말도 없이 걷던 생각,

지금은
한낱 애달픈 기억뿐!

기억(記憶)에는
세부(細部)의 묘사(描寫)가 없다더라

Coming Into Giverny In The Snow 1885

눈은 내리네

이장희

이 겨울의 아침을
눈은 내리네.

저 눈은 너무 희고
저 눈의 소리 또한 그윽함으로
내 이마를 숙이고 빌까 하노라.

님이어 설은 빛이
그대의 입술을 물들이나니
그대 또한 저 눈을 사랑하는가.

눈은 내리어
우리 함께 빌 때러라.

Haystacks(Effect Of Snow And Sun) 1891

산상(山上)

윤동주

거리가 바둑판처럼 보이고,
강물이 배암의 새끼처럼 기는
산 위에까지 왔다.
아직쯤은 사람들이
바둑돌처럼 버려 있으리라.

한나절의 태양이
함석지붕에만 비치고,
굼벵이 걸음을 하는 기차가
정거장에 섰다가 검은 내를 토하고
또 걸음발을 탄다.

텐트 같은 하늘이 무너져
이 거리 덮을까 궁금하면서
좀더 높은 데로 올라가고 싶다.

The Valley Of The Nervia 1884

언덕

박인환

연 날리든 언덕
너는 떠나고
지금 구름 아래
연을 따른다
한 바람 두 바람
실은 풀리고
연이 떠러지는 곳
너의 잠든 곳

꽃이 지니
비가 오며 바람이 일고
겨울이니
언덕에는 눈이 싸여서
누구 하나 오지 안어
네 생각하며
연이 떠러진 곳
너를 찾는다

Vétheuil 1901

Rouen Cathedral, West Façade, Sunlight 1894

The Portal Of Rouen Cathedral in Morning Light 1894

이월 보름에
내 님은 높이 켠 등불 같아라.
만인 비치실 모습이로다.

_고려가요 '동동' 중 二月

二月.
나는 내 슬픔과 어리석음에 눌리어

화가 에곤 실레

시인 윤동주
　　　백석
　　　김소월
　　　한용운
　　　홍사용
　　　권환
　　　변영로
　　　윤곤강
　　　노자영
　　　장정심
　　　정지용
　　　조명희
　　　크리스티나 G. 로세티
　　　다이구 료칸
　　　고바야시 잇사
　　　가가노 지요니

에곤 실레 Egon Schiele

1890~1918. 오스트리아의 화가. 클림트의 표현주의적인 스타일을 발전시켰다. 공포와 불안에 떠는 인간의 육체를 묘사하고, 성적인 욕망을 주제로 다루어 20세기 초, 빈에서 커다란 논란을 일으켰다. 〈죽음과 소녀〉는 실레의 걸작 중 하나로 꼽힌다. 구스타프 클림트의 친구이자 피후견인이었던 에곤 실레는 클림트의 표현주  의적인 선들을 더욱 발전시켜 공포와 불안에 떠는 인간의 육체를 묘사하고, 자신의 성적인 욕망을 주제로 다뤘다. 빈 공간을 배경으로 툭툭 튀어나온 뼈가 도드라져 보일 정도로 앙상하게 마르고 고통스러운 모습을 한 실레의 자화상은 고뇌하는 미술가의 전형을 보여주는 듯하다. 실레의 도시 풍경화들은 역동적이며, 인파로 넘쳐나는 도시 모습의 이면에는 묘한 긴장감이 감춰져 있음에도 불구하고 묘한 매력을 지니고 있다. 실레가 그린 장인의 초상에서 알 수 있듯이, 그가 그린 초상화들은 감정이입의 표현이 훌륭하며, 가장 뛰어난 초상화 작품들에 속한다. 실레는 열여섯 살에 빈 미술 아카데미에 들어가지만, 그곳의 교육이 케케묵고 인습적이라고 생각되어 곧 그만두었다. 그는 몇몇 친구들과 함께 '신미술가협회'를 창립했다. 그 후 그는 여인들과 소녀들의 누드화를 적나라할 정도로 솔직하고 생생하게 묘사한 드

로잉을 제작하기 시작했다. 이 드로잉들은 실레가 크루마우로 이주한 후인 1911년에 문제가 되기도 했다. 그는 모델이자 동거녀였던 발레리 '발리' 노이칠과의 자유분방한 생활과 미성년자들을 모델로 그린 그림들 때문에 크루마우에서 추방당하게 되었다. 노이렝바흐에서는 더욱 이해받지 못했다. 1912년 실레는 그곳에서 어린 모델들을 데려다가 부도덕적인 그림을 그렸다는 죄목으로 잠시 동안 유치장에 수감되기도 했다.

1915년 실레는 발리와의 동거 생활을 청산하고 에디트 하름스와 결혼했다. 1918년이 되자 실레는 지난 몇 년간에 비해 훨씬 더 안정된 삶을 살게 되었다. 아내인 에디트는 임신한 상태였다. 실레는 빈 분리파에서 엄청난 성공을 거두었으며, 그해에 사망한 클림트의 자리를 이어받았다. 이 시기에 그는 곧 태어날 아기를 기다리며 아버지가 된다는 기대감으로 〈가족〉(1908)을 완성했다. 새롭게 발견한 희망을 보여주는 듯한 이 작품에서 실레와 아내, 아이는 모두 나체로 묘사되어 있으며 특히 인물들의 행복한 표정이 눈에 띈다. 하지만 같은 해 10월, 실레의 아내는 당시 유럽을 휩쓸던 스페인 독감에 걸려 사망했고, 아내와 배 속의 아기를 잃고 슬퍼하던 실레도 스페인 독감으로 3일 뒤에 세상을 떠났다.

Seated Woman With Bent Knee 1917

Self-Portrait With Chinese Lantern Fruits 1912

길

잃어 버렸습니다.
무얼 어디다 잃었는지 몰라
두 손이 주머니를 더듬어
길게 나아갑니다.

돌과 돌과 돌이 끝없이 연달아
길은 돌담을 끼고 갑니다.

담은 쇠문을 굳게 닫아
길 위에 긴 그림자를 드리우고
길은 아침에서 저녁으로
저녁에서 아침으로 통했습니다.

돌담을 더듬어 눈물 짓다
쳐다보면 하늘은 부끄럽게 푸릅니다.

풀 한포기 없는 이 길을 걷는 것은
담 저쪽에 내가 남아 있는 까닭이고,

내가 사는 것은, 다만,
잃은 것을 찾는 까닭입니다.

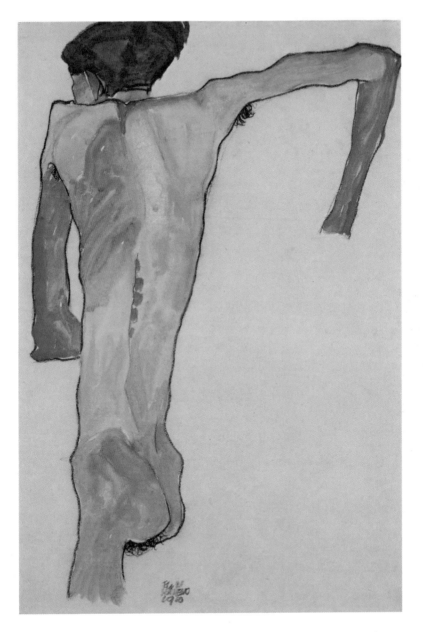

Male Nude 1910

아우의 인상화(印象畵)

윤동주

붉은 이마에 싸늘한 달이 서리어
아우의 얼굴은 슬픈 그림이다.

발걸음을 멈추어
살그머니 애띤 손을 잡으며

'늬는 자라 무엇이 되려니'
'사람이 되지'
아우의 설은 진정코 설은 대답이다.

슬며시 잡았던 손을 놓고
아우의 얼굴을 다시 들여다 본다.

싸늘한 달이 붉은 이마에 젖어
아우의 얼굴은 슬픈 그림이다.

Two Boys 1910

숨ㅅ기 내기

정지용

나 – ㄹ 눈 감기고 숨으십쇼.
잣나무 알암나무 안고 돌으시면
나는 샅샅이 찾어 보지요.

숨ㅅ기 내기 해종일 하며는
나는 슬어워진답니다.

슬어워지기 전에
파랑새 산양을 가지요.

떠나온 지 오랜 시골 다시 찾어
파랑새 산양을 가지요.

Crescent Of Houses(The Small City V) 1915

The Hermits 1912

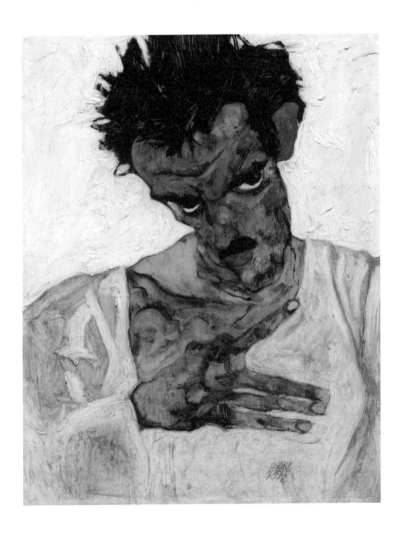

Self-Portrait With His Head Down 1912

노래 - 내가 죽거든

크리스티나 로세티

내가 죽거든, 사랑하는 사람이여
날 위해 슬픈 노래를 부르지 마세요.
내 머리맡에 장미도 심지 말고
그늘진 삼나무도 심지 마세요.
내 위에 푸른 잔디를 퍼지게 하여
비와 이슬에 젖게 해주세요.
그리고 마음이 내키시면 기억해주세요.

나는 사물의 그늘도 보지 못하고
비가 내리는 것조차 느끼지 못하리다.
슬픔에 잠긴 양 계속해서 울고 있는
나이팅게일의 울음소리도 듣지 못하리다.
날이 새거나 날이 저무는 일 없는
희미한 어둠 속에서 꿈꾸며
아마 나는 당신을 잊지 못하겠지요.
아니, 잊을지도 모릅니다.

Death And The Maiden 1915

Song

Christina G. Rossetti

When I am dead, my dearest,
Sing no sad songs for me;
Plant thou no roses at my head,
Nor shady cypress tree:
Be the green grass above me
With showers and dewdrops wet:
And if thou wilt, remember,
And if thou wilt, forget.

I shall not see the shadows,
I shall not feel the rain;
I shall not hear the nightingale
Sing on, as if in pain:
And dreaming through the twilight
That doth not rise nor set,
Haply I may remember,
And haply may forget.

Levitation 1915

이월 햇발

변영로

가냘프게 가냘프게 퍼지는 이월(二月) 햇빛은
어느 딴 세상에서 내리는 그늘 같은데

오는 봄의 먼 치맛자락 끄는 소리는
가려는 「찬손님」의 무거운 신 끄는 소리인가.

The Dancer Moa 1911

못 잊어

김소월

못 잊어 생각이 나겠지요,
그런대로 한세상 지내시구려,
사노라면 잊힐 날 있으리다.

못 잊어 생각이 나겠지요.
그런대로 세월만 가라시구려,
못 잊어도 더러는 잊히오리다.

그러나 또한긋 이렇지요,
'그리워 살뜰히 못 잊는데,
어쩌면 생각이 떠지나요?'

Devotion 1913

잠 놓친 밤

변영로

밤은 고요할 대로 고요한데
잠은 어이하여 오지를 않는지

새삼스레 걱정 더럭 됨이 있어선가
그도 꼭은 그렇지를 않건마는

딱딱이 두 차례째나 돌았어도
잠은 길 떠난 사람 같이 안 오아

아하 어이없이도 호젓하구나
내 마음은 사람 뭿다 헤진 빈 마당

아하 야릇하게도 괴괴하구나
가죽 밑 도는 피 소리 또렷키도 하네

활활 타는 두 눈 붙이고 누웠노라니
귓속에선 무엔지 잉 하고 운다.

그 무슨 소릴까 그 무슨 소릴까
옛날의 풍경 소리까지 새새 섞이나니

가라앉아라 내 어리고 어리석은 마음이어
오늘 밤은 뒤채고 잠 못 이루나

그 저녁이 오면 괴롬의 붉은 고운 놀 스러지고
꿈조차 섞이잖은 깊은 잠에 빠지리.

Edith With Striped Dress, Sitting 1915

Houses On The River(The Old Town II) 1914

사랑하는 까닭

한용운

내가 당신을 사랑하는 것은
까닭이 없는 것은 아닙니다.
다른 사람들은 나의 홍안만을 사랑하지만은
당신은 나의 백발도 사랑하는 까닭입니다.

내가 당신을 사랑하는 것은
까닭이 없는 것은 아닙니다.
다른 사람들은 나의 미소만을 사랑하지만은
당신은 나의 눈물도 사랑하는 까닭입니다.

내가 당신을 사랑하는 것은
까닭이 없는 것은 아닙니다.
다른 사람들은 나의 건강만을 사랑하지만은
당신은 나의 죽음도 사랑하는 까닭입니다.

Seated Couple(Egon And Edith Schiele) 1915

슬픈 족속(族屬)

윤동주

九
日

흰 수건이 검은 머리를 두르고
흰 고무신이 거친 발에 걸리우다.

흰 저고리 치마가 슬픈 몸집을 가리고
흰 띠가 가는 허리를 질끈 동이다.

Standing Girl In A Plaid Garment 1909

Portrait Of A Woman 1910

Portrait Of A Woman 1910

오늘 오지 않으면
내일은 져버리겠지
매화꽃

今日来ずば明日は散りなむ梅の花

다이구 료칸

Sunflowers 1911

모란봉에서

훈훈한 바람의 날개가 스치고
얼음 섞인 대동강물에
한나절 햇발이 미끄러지다.

허물어진 성터에서
철모르는 여아들이
저도 모를 이국말로
재잘대며 뜀을 뛰고

난데없는 자동차가 밉다.

十
一
日

City On The Blue River(Krumau) 1910

여우난골족

명절날 나는 엄매 아배 따라 우리집 개는 나를 따라 진할머니 진할
아버지가 있는 큰집으로 가면

얼굴에 별자국이 솜솜 난 말수와 같이 눈도 껌벅거리는 하로에 베
한 필을 짠다는 벌 하나 건너 집엔 복숭아나무가 많은 신리(新理)
고무 고무의 딸 이녀(李女) 작은이녀
열여섯에 사십(四十)이 넘은 홀아비의 후처가 된 포족족하니 성이
잘 나는 살빛이 매감탕 같은 입술과 젖꼭지는 더 까만 예수쟁이마
을 가까이 사는 토산(土山) 고무 고무의 딸 승녀(承女) 아들 승(承)
동이
육십리(六十里)라고 해서 파랗게 뵈이는 산(山)을 넘어 있다는 해
변에서 과부가 된 코끝이 빨간 언제나 흰옷이 정하든 말끝에 설게
눈물을 짤 때가 많은 큰골고무 고무의 딸 홍녀(洪女) 아들 홍(洪)동
이 작은홍(洪)동이
배나무접을 잘하는 주정을 하면 토방돌을 뽑는 오리치를 잘 놓는
먼 섬에 반디젓 담그려 가기를 좋아하는 삼춘 삼춘엄매 사춘누이
사춘동생들이 그득히들 할머니 할아버지가 있는 안간에들 모여서
방안에서는 새 옷의 내음새가 나고

또 인절미 송구떡 콩가루차떡의 내음새도 나고 끼때의 두부와 콩나물과 뽃은 잔디와 고사리와 도야지비계는 모두 선득선득하니 찬 것들이다

저녁술을 놓은 아이들은 외양간섶 밭마당에 달린 배나무동산에서 쥐잡이를 하고 숨굴막질을 하고 꼬리잡이를 하고 가마 타고 시집가는 놀음 말 타고 장가가는 놀음을 하고 이렇게 밤이 어둡도록 북적하니 논다
밤이 깊어가는 집안엔 엄매는 엄매들끼리 아르간에서들 웃고 이야기하고 아이들은 아이들끼리 웃간 한 방을 잡고 조아질하고 쌈방이 굴리고 바리깨돌림하고 호박떼기하고 제비손이구손이하고 이렇게 화디의 사기방등에 심지를 몇 번이나 돋구고 흥게닭이 몇 번이나 울어서 졸음이 오면 아릇목싸움 자리싸움을 하며 히드득거리다 잠이 든다 그래서는 문창에 텅납새의 그림자가 치는 아침 시누이 동세들이 욱적하니 흥성거리는 부엌으론 샛문틈으로 장지문틈으로 무이징게국을 끓이는 맛있는 내음새가 올라오도록 잔다

Field Landscape(Kreuzberg Near Krumau) 1910

Two Little Girls 1911

비로봉

윤동주

만상을
굽어보기란 –

무릎이
오들오들 떨린다.

백화
어려서 늙었다.
새가
나비가 된다.

정말 구름이
비가 된다.

옷자락이
칩다.

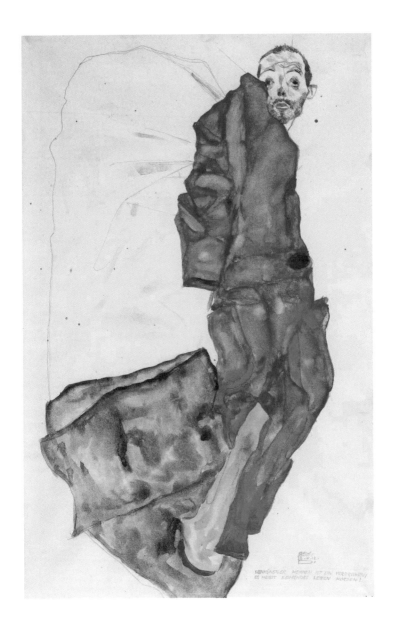

Hindering The Artist Is A Crime, It Is Murdering Life In The Bud 1912

홀로인 것은
나의 별이겠지
은하수 속에

一人なは我が星ならん天の川

고바야시 잇사

Gerti In Front Of Ocher–Colored Drapery 1910

두보나 이백같이

오늘은 정월 보름이다
대보름 명절인데
나는 멀리 고향을 나서 남의 나라 쓸쓸한 객고에 있는 신세로다
넷날 두보나 이백 같은 이 나라의 시인도 먼 타관에 나서
이날을 맞은 일이 있었을 것이다
오늘 고향의 내 집에 있는다면
새 옷을 입고 새 신도 신고 떡과 고기도 억병 먹고
일가친척들과 서로 모여 즐거이 웃음으로 지날 것이연만
나는 오늘 때묻은 입든 옷에 마른물고기 한 토막으로
혼자 외로이 앉어 이것저것 쓸쓸한 생각을 하는 것이다
넷날 그 두보나 이백 같은 이 나라의 시인도
이날 이렇게 마른물고기 한 토막으로 외로이
쓸쓸한 생각을 한 적도 있었을 것이다
나는 이제 어늬 먼 외진 거리에
한고향 사람의 조고마한 가업집이 있는 것을 생각하고
이 집에 가서 그 맛스러운 떡국이라도 한 그릇 사먹으리라 한다
우리네 조상들이 먼먼 넷날로부터
대대로 이날엔 으레히 그러하며 오듯이

먼 타관에 난 그 두보나 이백 같은 이 나라의 시인도
이날은 그 어느 한고향 사람의 주막이나 반관(飯館)을 찾어가서
그 조상들이 대대로 하든 본대로 원소(元宵)라는 떡을 입에 대며
스스로 마음을 느꾸어 위안하지 않었을 것인가
그러면서 이 마음이 맑은 녯 시인들은
먼 훗날 그들의 먼 훗자손들도
그들의 본을 따서 이날에는 원소를 먹을 것을
외로이 타관에 나서도 이 원소를 먹을 것을 생각하며
그들이 아득하니 슬펐을 듯이
나도 떡국을 놓고 아득하니 슬플 것이로다
아, 이 정월 대보름 명절인데
거리에는 오독독이 탕탕 터지고 호궁(胡弓)소리 뻴뻴 높아서
내 쓸쓸한 마음엔 자꾸 이 나라의 녯 시인들이
그들의 쓸쓸한 마음들이 생각난다
내 쓸쓸한 마음은 아마 두보나 이백 같은 사람들의 마음인지도
모를 것이다
아무려나 이것은 녯투의 쓸쓸한 마음이다

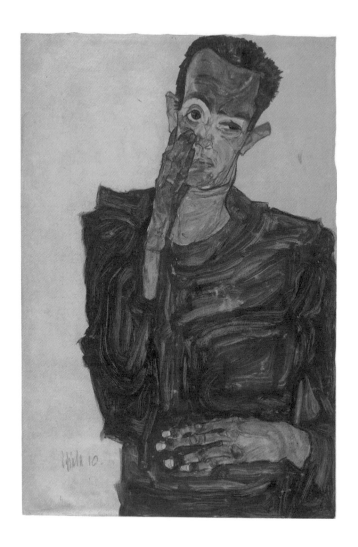

Self-Portrait With Eyelid Pulled Down 1910

Town End(Krumau House Bend lll) 1913~1908

십자가

쫓아오던 햇빛인데
지금 교회당 꼭대기
십자가에 걸리었습니다.

첨탑(尖塔)이 저렇게도 높은데
어떻게 올라갈 수 있을까요.

종소리도 들려오지 않는데
휘파람이나 불며 서성거리다가,

괴로웠던 사나이
행복한 예수 그리스도에게
처럼
십자가가 허락된다면

모가지를 드리우고
꽃처럼 피어나는 피를
어두워가는 하늘 밑에
조용히 흘리겠습니다.

十
六
日

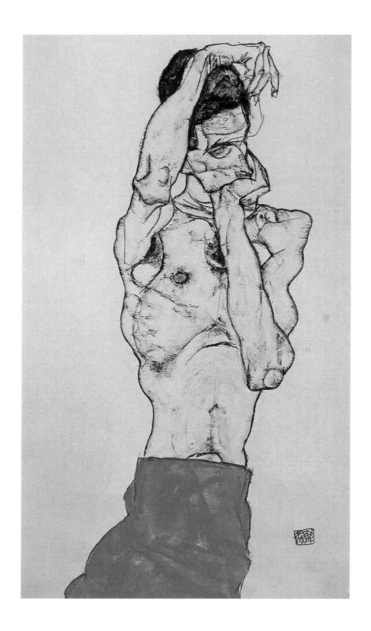

Standing Male Nude With A Red Loincloth 1914

산협(山峽)의 오후

윤동주

내 노래는 오히려
섧은 산울림.

골짜기 길에
떨어진 그림자는
너무나 슬프구나.

오후의 명상(瞑想)은
아— 졸려.

Setting Sun 1913

목구(木具)

십
팔
일

오대(五代)나 내린다는 크나큰 집 다 찌그러진 들지고방 어득시
근한 구석에서 쌀독과 말쿠지와 숫돌과 신뚝과 그리고 넷적과
또 열두 데석님과 친하니 살으면서

한 해에 몇 번 매연 지난 먼 조상들의 최방등 제사에는 컴컴한
고방 구석을 나와서 대멀머리에 외얏맹건을 지르터맨 늙은 제
관의 손에 정갈히 몸을 씻고 교우 우에 모신 신주 앞에 환한 촛
불 밑에 피나무 소담한 제상 위에 떡 보탕 식혜 산적 나물지짐
반봉 과일 들을 공손하니 받들고 먼 후손들의 공경스러운 절과
잔을 굽어보고 또 애끊는 통곡과 축을 귀에 하고 그리고 합문
뒤에는 흠향 오는 구신들과 호호히 접하는 것

구신과 사람과 넋과 목숨과 있는 것과 없는 것과 한 줌 흙과 한 점 살과 먼 넷조상과 먼 훗자손의 거룩한 아득한 슬픔을 담는 것

내 손자의 손자와 손자와 나와 할아버지와 할아버지의 할아버지 와 할아버지의 할아버지의 할아버지와…… 수원백씨(水原白氏) 정주백촌(定州白村)의 힘세고 꿋꿋하나 어질고 정 많은 호랑이 같 은 곰 같은 소 같은 피의 비 같은 밤 같은 달 같은 슬픔을 담는 것 아 슬픔을 담는 것

Composition With Three Male Nudes 1910

House Wall On The River 1915

달도 보았으니
나는 세상에 대해
이만 말 줄임

月も見て我はこの世をかしく哉

가가노 지요니

Portrait Of Edith Schiele In A Striped Dress 1915

나는 왕(王)이로소이다

홍사용

나는 왕(王)이로소이다. 나는 왕(王)이로소이다. 어머니의 가장 어여쁜 아들, 나는 왕(王)이로소이다. 가장 가난한 농군의 아들로서 그러나 시왕전(十王殿)에서도 쫓기어 난 눈물의 왕(王)이로소이다.

"맨 처음으로 내가 너에게 준 것이 무엇이냐?" 이렇게 어머니께서 물으시면은
"맨 처음으로 어머니께 받은 것은 사랑이었지요마는 그것은 눈물이더이다" 하겠나이다.
다른 것도 많지요마는.
"맨 처음으로 네가 나에게 한 말이 무엇이냐?" 이렇게 어머니께서 물으시면은
"맨 처음으로 어머니께 드린 말씀은 '젖 주세요' 하는 그 소리었지요마는,
그것은 '으아' 하는 울음이었나이다" 하겠나이다. 다른 말씀도 많지요마는.

이것은 노상 왕(王)에게 들리어 주신 어머니의 말씀인데요.
왕(王)이 처음으로 이 세상(世上)에 올 때에는 어머니의 흘리신 피를 몸에다 휘감고 왔더랍니다.
그날에 동내(洞內)의 늙은이와 젊은이들은 모두 "무엇이냐"고 쓸데없는 물음질로 한창 바쁘게 오고 갈 때에도 어머니께서는 기꺼움보다도 아무 대답도 없이 속 아픈 눈물만 흘리셨답니다
발가숭이 어린 왕(王) 나도 어머니의 눈물을 따라서 발버둥질치며 "으아" 소리쳐 울더랍니다.

그날밤도 이렇게 달 있는 밤인데요,
으스름달이 무리 서고 뒷동산에 부엉이 울음 울던 밤인데요,
어머니께서는 구슬픈 옛이야기를 하시다가요, 일없이 한숨을 길게 쉬시며 웃으시는 듯한 얼굴을 얼른 숙이시더이다.
왕(王)은 노상 버릇인 눈물이 나와서 그만 끝까지 섧게 울어 버렸소이다. 울음의 뜻은 도무지 모르면서도요.
어머니께서 조으실 때에는 왕(王)만 혼자 울었소이다.
어머니의 지우시는 눈물이 젖 먹는 왕(王)의 뺨에 떨어질 때에면, 왕(王)도 따라서 시름없이 울었소이다.

열한 살 먹던 해 정월(正月) 열나흗날 밤, 맨잿더미로 그림자를
보러 갔을 때인데요, 명(命)이나 긴가 짧은가 보려고.
왕(王)의 동무 장난꾼 아이들이 심술스러웁게 놀리더이다. 모가
지 없는 그림자라고요.
왕(王)은 소리쳐 울었소이다. 어머니께서 들으시도록. 죽을까
겁이 나서요.
나무꾼의 산(山)타령을 따라가다가 건넛산(山) 비탈로 지나가는
상두군의 구슬픈 노래를 처음 들었소이다.
그 길로 옹달우물로 가자면 지름길로 들어서면은 찔레나무 가
시덤불에서 처량히 우는 한 마리 파랑새를 보았소이다.
그래 철없는 어린 왕(王) 나는 동무라 하고 쫓아가다가 돌부리
에 걸리어 넘어져서 무릎을 비비며 울었소이다.

할머니 산소 앞에 꽃 심으러 가던 한식(寒食)날 아침에
어머니께서는 왕(王)에게 하얀 옷을 입히시더이다.
그리고 귀밑머리를 단단히 땋아 주시며
"오늘부터는 아무쪼록 울지 말아라."
아아, 그때부터 눈물의 왕(王)은!

어머니 몰래 남모르게 속 깊은 소리 없이 혼자 우는 그것이 버릇이 되었소이다.

누우런 떡갈나무 우거진 산길로 허물어진 봉화(烽火) 둑 앞으로 쫓긴 이의 노래를 부르며 어슬렁거릴 때에, 바위 밑에 돌부처는 모른 체하며 감중련(坎中連) 하고 앉았더이다.

아야, 뒷동산 장군(將軍) 바위에서 날마다 자고 가는 뜬구름은 얼마나 많이 왕(王)의 눈물을 싣고 갔는지요.

나는 왕(王)이로소이다. 어머니의 외아들 나는 이렇게 왕(王)이로소이다.

그러나 그러나 눈물의 왕(王)! 이 세상(世上) 어느 곳에든지 설움 있는 땅은 모두 왕(王)의 나라로소이다.

The Family 1918

Mother And Child 1914

시계

찬 빗방울이 탁탁 때린다
등불이 깜박깜박

품속에서 나온 니켈 시계
내 체온같이 따뜻하구나

손바닥 위서 혼자 가거라
등불 밑에서 혼자 가거라

마지막 버스도 사라졌건만
기다리는 별은 뵈지 않네

가련다 검은밤을 따라서
비 젖은 내 니켈 시계와 함께

Self Portrait In Lavender And Dark Suit, Standing 1914

남신의주 유동 박시봉방(南新義州 柳洞 朴時逢方)

백석

어느 사이에 나는 아내도 없고, 또,
아내와 같이 살던 집도 없어지고,
그리고 살뜰한 부모며 동생들과도 멀리 떨어져서,
그 어느 바람 세인 쓸쓸한 거리 끝에 헤매이었다.
바로 날도 저물어서,
바람은 더욱 세게 불고, 추위는 점점 더해 오는데,
나는 어느 목수(木手)네 집 헌 샅을 깐,
한 방에 들어서 쥔을 붙이었다.

이리하여 나는 이 습내 나는 춥고, 누긋한 방에서,
낮이나 밤이나 나는 나 혼자라도 너무 많은 것같이 생각하며,
딜옹배기에 북덕불이라도 담겨 오면,
이것을 안고 손을 쬐며 재 우에 뜻없이 글자를 쓰기도 하며,
또 문 밖에 나가디두 않구 자리에 누어서,
머리에 손깍지벼개를 하고 굴기도 하면서,
나는 내 슬픔이며 어리석음이며를
소처럼 연하여 쌔김질하는 것이었다.
내 가슴이 꽉 메어 올 적이며,
내 눈에 뜨거운 것이 핑 괴일 적이며,
또 내 스스로 화끈 낯이 붉도록 부끄러울 적이며,
나는 내 슬픔과 어리석음에 눌리어
죽을 수밖에 없는 것을 느끼는 것이었다.

그러나 잠시 뒤에 나는 고개를 들어,

허연 문창을 바라보든가 또 눈을 떠서 높은 턴정을 쳐다보는 것인데,

이때 나는 내 뜻이며 힘으로, 나를 이끌어 가는 것이 힘든 일인 것을
생각하고,

이것들보다 더 크고, 높은 것이 있어서, 나를 마음대로 굴려 가는 것을
생각하는 것인데,

이렇게 하여 여러 날이 지나는 동안에,

내 어지러운 마음에는 슬픔이며, 한탄이며, 가라앉을 것은 차츰
앙금이 되어 가라앉고,

외로운 생각만이 드는 때쯤 해서는,

더러 나줏손에 쌀랑쌀랑 싸락눈이 와서 문창을 치기도 하는 때도
있는데,

나는 이런 저녁에는 화로를 더욱 다가 끼며, 무릎을 꿇어 보며,

어니 먼 산 뒷옆에 바우섶에 따로 외로이 서서,

어두워 오는데 하이야니 눈을 맞을, 그 마른 잎새에는,

쌀랑쌀랑 소리도 나며, 눈을 맞을,

그 드물다는 굳고 정한 갈매나무라는 나무를 생각하는 것이었다.

Man Bending Down Deeply 1914

Schiele's Room In Neulengbach 1911

기다리는 봄

二
十
三
日

지붕도 나무도 실개울도
죄다아 얼어붙은 밤과 밤
봄은 아득히 머언데
싸락눈이 혼자서 나리다 말다……
밤이 지새면 추녀 끝엔
수정 고드름이 두 자 석 자……
흉칙한 가마귀떼 울음소리와
울부짖는 된바람의 휘파람 뒤에
따스한 햇살이 푸른 하늘에 빛나
마침내 삼단같이 기인 햇살로
아침 해 둥두렷이 솟아오면,
장미의 술 속에 나비 벌 취하고
끊인 사람의 실줄은 맺어지리

Houses In Winter(View From The Studio) 1907~1908

새벽이 올 때까지

윤동주

二十四日

다들 죽어가는 사람들에게
검은 옷을 입히시오.

다들 살아가는 사람들에게
흰 옷을 입히시오.

그리고 한 침실(寢室)에
가즈런히 잠을 재우시오.

다들 울거들랑
젖을 먹이시오.

이제 새벽이 오면
나팔소리 들려 올 게외다.

Prozession 1911

팔복(八福)
— 마태복음(福音) 오장(五章) 삼(三) — 십이(十二)

윤동주

슬퍼하는 자는 복이 있나니
슬퍼하는 자는 복이 있나니
슬퍼하는 자는 복이 있나니
슬퍼하는 자는 복이 있나니
슬퍼하는 자는 복이 있나니
슬퍼하는 자는 복이 있나니
슬퍼하는 자는 복이 있나니
슬퍼하는 자는 복이 있나니

저희가 영원(永遠)히 슬플 것이오.

Standing Male Nude 1910

달 좇아

조명희

이 밤의 저 달빛이 야릇이도
왜 그리 사람의 마음을 흔드는지
가없이 가없이 서리고 아파라.

아아, 나는 달의 울음을 좇아 한없이 가련다.
가다가 지새는 달이 재를 넘기면
나도 그 재 위에 쓰러지리라.

Woman In Dressing Gown 1913

Self-Portrait In An Orange Jacket 1913

Standing While Combing 1909

이별

눈이 오다 물이 되는 날
잿빛 하늘에 또 뿌연내, 그리고
크다란 기관차는 빼 – 액 – 울며,
조고만 가슴은 울렁거린다.

이별이 너무 재빠르다, 안타깝게도,
사랑하는 사람을,
일터에서 만나자 하고 – ,
더운 손의 맛과 구슬 눈물이 마르기 전
기차는 꼬리를 산굽으로 돌렸다.

Single Houses(Houses With Mountain) 1915

묻지 마오

장정심

웨 우는가? 묻지 마시오
나도 모르고 우는 울음이니
뉘라서 알 사람이 도모지 없이
울어야만 시원할 내 울음이오

웨 웃는가? 묻지 마시오
나도 모르게 공연히 기쁘니
참을 수 없는 웃음이기에
대답도 없이 웃었든 것이오

Portrait Of Wally Neuzil 1912

Self-Portrait With A Peacock Vest, Standing 1911

Four Trees 1917

고배(苦盃)

노자영

이 세상 괴로움 많아 고해(苦海)라 이름 하거니
눈물 한숨 쓰린 잔을 나인들 피하리요!
뜻 같지도 않은 이 한세상을 울고 갈까 합니다.

어깨에 매인 짐 이다지도 아픈 것이
웃어본 적 있거니와 울어본 적 더 많어라
한(恨)은 길고 낙(樂)은 짧아서
눈물 지우고 갈 것을
한번 오고 또 못 오는 이 짧은 한세상에
어이다 이다지도 불운만이 오는 것을
울고 불면 무엇 하리요, 운명일까 합니다.

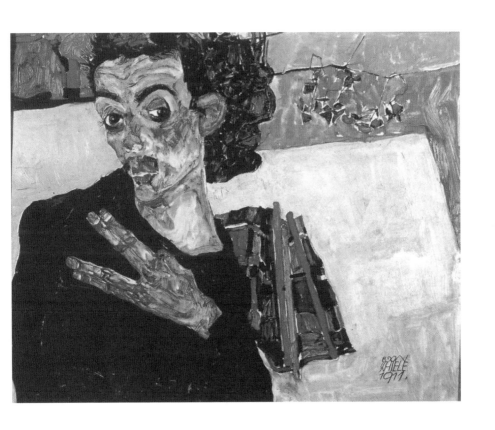

Self-Portrait With Black Vase And Spread Fingers 1911

Self-Portrait With Striped Sleeves 1915

Female Reclining On Her Belly 1917

삼월 나면서 핀
늦봄 진달래꽃이여!
남이 부러워할 자태를 지니고 나셨도다.

_고려가요 '동동' 중 三月

三月.

포근한 봄 졸음이 떠돌아라

화가 귀스타브 카유보트

시인 윤동주
　　　백석
　　　정지용
　　　박인환
　　　김소월
　　　변영로
　　　윤곤강
　　　이해문
　　　이상화
　　　노자영
　　　이장희
　　　허민
　　　박용철
　　　에밀리 디킨슨
　　　타데나 산토카
　　　마쓰세 세이세이
　　　마사오카 시키
　　　가가노 지요니

귀스타브 카유보트 Gustave Caillebotte

1848~1894. 프랑스의 인상주의 화가. 프랑스 파리의 부유한 상류층 가정에서 태어났다. 1870년 변호사 시험에 합격했지만 법관이 되기를 포기하고 레옹 보나(Léon Bonnat)의 스튜디오에서 미술공부를 시작했다. 1873년 에콜 데 보자르에 입학했으며, 이듬해 아버지가 돌아가시자 막대한 유산을 상속받아 경제적인 어려움 없이 그림 그리기에만 전념할 수 있었다.

그는 사실주의 화풍을 공부하며 학문으로서 미술을 공부했지만 인상주의 화가들과 어울리며 그들에게서 많은 영향을 받았다. 1875년 〈마루를 깎는 사람들〉을 살롱전에 출품했으나 너무 적나라한 현실감 때문에 심사위원들로부터 거부당했다. 그는 1876년 제2회 인상파 전시회에 이 작품을 출품하고, 이후 몇 차례에 걸쳐 인상파전에 참여하며, 전시를 기획하고 재정적인 지원을 했다. 그가 도움을 주었던 가난한 인상파 화가들은, 마네, 모네, 르느와르, 피사로, 드가, 세잔 등이었다. 그가 소장하고 있던 67점의 인상파 작품을 사후에 프랑스국립미술관에 기증했으나 '주제넘은 기증'에 당황하여 수용 여부를 놓고 한바탕 논란이 있었다는 일화는 유명하다. 그 논란을 계기로 인상파 화가들은 대중에게 널리 알려지게 되었다.

카유보트는 고전적인 규범에서 벗어나 일상적인 파리의 모습을 주제로 그림 그리는 것을 좋아했다. 특히 길 위의 풍경에 관심이 많았던 그는 커다란 도로, 광장, 다리, 그리고 그 위를 걷고 있는 사람들의 모습을 화폭에 담으며 19세기 새롭게 변화하는 파리의 풍경을 재현했다. 그의 작품은 치밀한 화면 구성과 화면을 구성하는 각 요소들 간의 균형, 독특한 구도, 대담한 원근법의 사용 등을 특징으로 한다. 그리고 다른 인상주의 화가들과는 다르게 남성이 작품의 주제로 부상했다.

주요 작품으로는 〈창가의 남자(A Young Man at His Window)〉(1875), 〈마루를 깎는 사람들(The Floor Scrapers)〉(1875), 〈유럽 다리(The Pont du Europe)〉(1876), 〈비 오는 파리 거리(Paris Street, Rainy Day)〉(1877), 〈눈 쌓인 지붕(Rooftops Under Snow)〉(1878), 〈자화상(Self-portrait)〉(1892) 등이 있다.

Portrait of a Man 1880

Villas at Trouville 1884

봄

윤동주

봄이 혈관(血管) 속에 시내처럼 흘러
돌, 돌, 시내 가까운 언덕에
개나리, 진달래, 노오란 배추꽃

삼동(三冬)을 참아온 나는
풀포기처럼 피어난다.

즐거운 종달새야
어느 이랑에서나 즐거웁게 솟처라.

푸르른 하늘은
아른아른 높기도 한데……

Thatched Cottage in Trouville 1882

봄은 고양이로다

이장희

꽃가루와 같이 부드러운 고양이의 털에
고운 봄의 향기(香氣)가 어리우도다

금방울과 같이 호동그란 고양이의 눈에
미친 봄의 불길이 흐르도다

고요히 다물은 고양이의 입술에
포근한 봄 졸음이 떠돌아라

날카롭게 쭉 뻗은 고양이의 수염에
푸른 봄의 생기(生氣)가 뛰놀아라

Houses in Argenteuil 1883

머물 곳이 없다
순식간에 저물었다

泊まるところがないとがりと暮れた

三
日

The Nap 1887

사랑스런 추억(追憶)

윤동주

봄이 오던 아침, 서울 어느 쪼그만 정거장(停車場)에서
희망(希望)과 사랑처럼 기차(汽車)를 기다려,

나는 플랫폼에 간신한 그림자를 떨어뜨리고,
담배를 피웠다.

내 그림자는 담배연기 그림자를 날리고
비둘기 한떼가 부끄러울 것도 없이
나래 속을 속, 속, 햇빛에 비춰, 날았다.
기차(汽車)는 아무 새로운 소식도 없이
나를 멀리 실어다 주어,

봄은 다 가고—동경교외(東京郊外) 어느 조용한
하숙방(下宿房)에서, 옛거리에 남은 나를 희망(希望)과
사랑처럼 그리워한다.

오늘도 기차(汽車)는 몇 번이나 무의미(無意味)하게 지나가고,
오늘도 나는 누구를 기다려 정거장(停車場) 가까운 언덕에서
서성거릴게다.
—아아 젊음은 오래 거기 남아 있거라.

四日

The Pont de Europe Study 1876

Halévy Street, View from the Sixth Floor 1878

Man on a Balcony 1880

봄 비

나직하고, 그윽하게 부르는 소리 있어,
나아가보니, 아, 나아가보니—
졸음 잔뜩 실은 듯한 젖빛 구름만이
무척이나 가쁜 듯이, 한없이 게으르게
푸른 하늘 위를 거닌다.
아, 잃은 것 없이 서운한 나의 마음!

나직하고, 그윽하게 부르는 소리 있어,
나아가보니, 아, 나아가보니—
아려—ㅁ풋이 나는, 지난날의 회상(回想)같이
떨리는, 뵈지 않는 꽃의 입김만이
그의 향기로운 자탕 안에 자지러지노나!
아, 찔림없이 아픈 나의 가슴!

나직하고, 그윽하게 부르는 소리 있어,
나아가보니, 아, 나아가보니—
이제는 젖빛 구름도 꽃의 입김도 자취 없고
다만 비둘기 발목만 붉히는 은(銀)실 같은 봄비만이
노래도 없이 근심같이 내리노나!
아, 안 올 사람 기다리는 나의 마음!

五
日

Paris Street, A Raniy Day 1877

Massiv of flowers, Garden of Petit-Gennevilliers 1884

Chrysanthemums in the Garden at Petit-Gennevilliers 1893

사모(思慕)

노자영

우리 님 가신 남쪽에서는
가느다란 바람이 불어옵니다
행여나 먼 나라 그곳에 가서
울고 있는 우리 님 탄식이 아닐까 하여

우리 님 밟던 풀꽃 위에
새 하얀 이슬이 떨어집니다
행여나 그 님이 오는 날까지
그 눈에 눈물을 담는가 하여

우리 님 보던 나무 뜰에는
옥 같은 달빛이 흘러 내립니다
행여나 그 님이 그 달 아래서
오히려 노래를 부르는 소린가 하여……

Woman at a Dressing Table 1873

동틀 무렵
북두칠성 적시는
봄의 밀물

暁や北斗を浸す春の潮

마쓰세 세이세이

The Seine at Argenteuil 1892

Woman at The Window 1880

The Floor Scrapers 1875

바람과 봄

김소월

봄에 부는 바람, 바람 부는 봄,
작은 가지 흔들리는 부는 봄바람,
내 가슴 흔들리는 바람, 부는 봄,
봄이라 바람이라 이 내 몸에는
꽃이라 술잔(盞)이라 하며 우노라.

Argenteuil Promenade1883

봄을 흔드는 손이 있어

이해문

마냥 우슴 웃는 처녀 있어
여기 나의 뜰우에 시집 오나니
연방 대지(大地)에 입맞추며 가러 오누나

머리에 쓴 화관(花冠)이 너머 눈부시여
신랑(新郎)인 나는 고만 취(醉)해지고
저기 벌떼 있어 풍악 함께 울리며 온다

짙은 연기를 보며 내 예(禮)의 자리에 서면
아아 봄을 흔드는 손이 있어
나의 가슴은 꿈같이 쓰러질 듯하다

어쩌면 나에게도 고흔 나비가 한 놈
훨훨 날개를 젓고
날러 올 듯도한 봄이기는 한데

Rising Road 1881

물

十
日

지구는 가만이 돈다
호수나 강을 엎지르지 않으려고
물은 그 팔 안에 안겨 있고
하늘은 그 물 안에 잡혀 있다
은(銀)을 붓(注[주])고
그 하늘을 붙잡는
그 물은 무엇일까

The Seine and the Railroad Bridge at Argenteuil 1885~1887

새로운 길

내를 건너서 숲으로
고개를 넘어서 마을로

어제도 가고 오늘도 갈
나의 길 새로운 길

민들레가 피고 까치가 날고
아가씨가 지나고 바람이 일고

나의 길은 언제나 새로운 길
오늘도… 내일도…

내를 건너서 숲으로
고개를 넘어서 마을로

Woods at La Grange 1879

Young Man Playing the Piano 1876

Lilacs and Peonies in Two Vases 1883

밤은 길고
나는 누워서
천 년 후를 생각하네

長き夜や 千年の後を 考へる

마사오카 시키

Portrait of Henri Cordier 1883

병아리

윤동주

十
三
日

'뽀, 뽀, 뽀,
엄마 젖 좀 주'
병아리 소리.

'꺽, 꺽, 꺽,
오냐 좀 기다려'
엄마닭 소리.

좀 있다가
병아리들은.
엄마 품속으로
다 들어 갔지요.

Loaded Haycart 1878

산울림

十
四
日

까치가 울어서
산울림,
아무도 못들은
산울림.

까치가 들었다,
산울림,
저혼자 들었다,
산울림.

Yerres Valley 1877

어머니의 웃음

이상화

날이 맛도록
온 데로 헤매노라—
나른한 몸으로도
시들픈 맘으로도
어둔 부엌에,
밥짓는 어머니의
나보고 웃는 빙그레웃음!
내 어려 젖 먹을 때
무릎 위에다,
나를 고이 안고서
늙음조차 모르던
그 웃음을 아직도
보는가 하니
외로움의 조금이
사라지고, 거기서
가는 기쁨이 비로소 온다.

Mademoiselle Boissière Knitting 1877

Yellow and Red Roses in a Crystal Vase 1887

Man at the Window 1875

봄 밤

껴안고 싶도록
부드러운 봄 밤!

혼자보기는 너무도 아까운
눈물나오는 애타는 봄 밤!

창 밑에 고요히 대글거리는
옥빛 달 줄기 잠을 자는데
은은한 웃음에 눈을 감는
살구꽃 그림자 춤을 춘다.
야앵(夜鶯)우는 고운 소리가
밤놀을 타고 날아오리니
행여나 우리 님
그 노래를 타고
이 밤에 한번 아니 오려나!

十
六
日

껴안고 싶도록
부드러운 봄 밤!

우리 님 가슴에 고인 눈물을
네가 가지고 이곳에 왔는가……

아! 혼자 보기는 너무도 아까운
눈물 나오는 애타는 봄 밤!
살구꽃 그림자 우리집 후원에
고요히 나붓기는데
님이여! 이 밤에 한번 오시어
저 꽃을 따서 노래하소서.

The Orange Trees(The Artist's Brother in His Garden) 1878

Petit-Gennevilliers: The South-East Front of the Artist's Studio in the Garden in Spring, Unknown

봄철의 바다

이장희

저기 고요히 멈춘
기선의 굴뚝에서
가늘은 연기가 흐른다.

엷은 구름과
낮거운 햇빛은
자장가처럼 정다웁고나.

실바람 물살 지우는 바다 위로
나지막하게 VO――우는
기적의 소리가 들린다.

바다를 향해 기울어진 풀두던에서
어느덧 나는
휘파람 불기에도 피로하였다.

Boat Moored on The Seine at Argenteuil 1884

고방

낡은 질동이에는 갈 줄 모르는 늙은 집난이같이 송구떡이 오래도록 남어 있었다

오지항아리에는 삼촌이 밥보다 좋아하는 찹쌀탁주가 있어서 삼촌의 임내를 내어가며 나와 사춘은 시큼털털한 술을 잘도 채어 먹었다

제삿날이면 귀머거리 할아버지 가에서 왕밤을 밝고 싸리꼬치에 두부산적을 께었다

손자 아이들이 파리떼같이 모이면 곰의 발 같은 손을 언제나 내어둘렀다

구석의 나무말쿠지에 할아버지가 삼는 소신 같은 짚신이 둑둑이 걸리어도 있었다

넷말이 사는 컴컴한 고방의 쌀독 뒤에서 나는 저녁 끼 때에 부르는 소리를 듣고도 못 들은 척하였다

Fruit Displayed on a Stand 1881

포플라

윤곤강

별까지 꿈을 뻗친
야윈 손길
치솟고 싶은 마음
올라가도 올라가도
찾는 하눌 손에
잡히지 않아 슬퍼라

Field by The Sea 1882

종달새

윤동주

종달새는 이른 봄날
질디진 거리의 뒷골목이
싫더라.
명랑한 봄하늘
가벼운 두 나래를 펴서
요염한 봄노래가
좋더라.
그러나,
오늘도 구멍 뚫린 구두를 끌고
홀렁홀렁 뒷거리길로
고기새끼 같은 나는 헤매나니,
나래와 노래가 없음인가,
가슴이 답답하구나.

Flower Bed, Petit-Gennevilliers Garden 1881–1882

고백

윤곤강

꽃가루처럼
보드라운 숨결이로다

그 숨결에
시들은 내 가슴의 꽃동산에도
화려한 봄 향내가
아지랑이처럼 어리우도다

금방울처럼
호동그란 눈알이로다

그 눈알에
굶주린 내 청춘의 황금 촛불이
유황(硫黃)처럼 활활 타오르도다

얼싸안고
몸부림이라도 쳐볼까
하늘보다도 높고
바다보다도 더 넓은 기쁨

오오!
하늘로 솟을까 보다
땅 속으로 숨을까 보다
주정꾼처럼, 미친놈처럼…

Woman Seated on the Lawn 1874

Bouquet of Roses in a Christal Vase 1883

부슬비

허민

부슬부슬 부슬비 꽃 보려 오오
잔디밭 핀 풀잎에 잠자러 오오
버들가지 나 보고 웃고 있으니
소리 좋은 노래를 들으라 하오

부슬부슬 부슬비 나려 오시니
꼬슬머리 여(女)애가 맞이합니다
단잠 깨는 어린애 하품하는데
부슬부슬 부슬비 어여쁜 걸음

할미꽃 진달래꽃 기도 드리고
나비들 추는 춤도 조용도 하며
황토산의 뻐꾹새 철을 알리니
부슬부슬 부슬비 나려 옵니다

The Yerres Rain 1875

연애

어젯날이 채 가지도 않아
또 새로운 날이 부챗살을 피는 나라 오―로―라

언덕에는 꽃이 가득히 피고
새들은 수없이 가지에서 노래한다

Portrait of a Schoolboy 1879

호면(湖面)

정지용

손 바닥을 울리는 소리
곱드랗게 건너 간다.

그뒤로 힌게우가 미끄러진다.

View of The Seine in The Direction of The Pont de Bezons 1892

널빤지에서 널빤지로

널빤지에서 널빤지로 난 걸었네.
천천히 조심스럽게
바로 머리맡에는 별
발밑엔 바다가 있는 것같이.

난 몰랐네—다음 걸음이
내 마지막 걸음이 될는지—
어떤 이는 경험이라고 말하지만
도무지 불안한 내 걸음걸이.

The Boulevard Viewed from Above 1880

I stepped from plank to plank

Emily Dickinson

I stepped from plank to plank
So slow and cautiously;
The stars about my head I felt,
About my feet the sea.

I knew not but the next
Would be my final inch,—
This gave me that precarious gait
Some call experience.

Man on a Balcony Boulevard Haussmann 1880

Le Pont de L'Europe 1881–1882

Portraits in The Countryside 1876

봄으로 가자

허민

한 잎 두 잎 꽃잎이 열리는 맘
인생아 꿈 깨어서 봄으로 가자
저 언덕 오신 뜻은 웃음을 주려
겨울의 눈물길을 밟고 옴이라

희망의 나래 접고 앉았지 말고
너 나도 할 것 없이 봄으로 가자
지나간 한숨 넋을 뒤풀이 말고
기쁨의 봄 청춘을 아듬어 보자

봄이라는 청춘에 노래를 싣고
인생의 언덕에서 맞이를 하자
하품 나는 길에서 괴롭지 말고
가슴의 인생 꽃을 활짝 피우자

Yellow Roses in a Vase 1882

손으로 꺾는 이에게
향기를 주는
매화꽃

手折らるる人に薫るや梅の花

가가노 지요니

Flowerbed of Daisies 1893

이적(異蹟)

윤동주

발에 터부한 것을 다 빼어 버리고
황혼이 호수 위로 걸어오듯이
나도 사뿐사뿐 걸어보리이까?

내사 이 호수가로
부르는 이 없이
불리워 온 것은
참말 이적(異蹟)이외다.

오늘따라
연정(戀情), 자홀(自惚), 시기(猜忌), 이것들이
자꾸 금메달처럼 만져지는구려

하나, 내 모든 것을 여념(餘念) 없이
물결에 씻어 보내려니
당신은 호면(湖面)으로 나를 불러내소서.

Richard Gallo and His Dog at Petit Gennevilliers 1884

유언(遺言)

후어-ㄴ한 방(房)에
유언(遺言)은 소리 없는 입놀림.

　바다에 진주(眞珠)캐려 갔다는 아들
　해녀(海女)와 사랑을 속삭인다는 맏아들
　이 밤에사 돌아오나 내다 봐라—

평생(平生) 외롭든 아버지의 운명(殞命)
감기우는 눈에 슬픔이 어린다.

외딴집에 개가 짖고
휘양찬 달이 문살에 흐르는 밤.

Portrait of a Man 1881

어머니

윤동주

어머니!
젖을 빨려 이 마음을 달래어 주시오.
이 밤이 자꾸 설워지나이다.

이 아이는 턱에 수염자리 잡히도록
무엇을 먹고 자랐나이까?
오늘도 흰 주먹이
입에 그대로 물려 있나이다.

어머니
부서진 납인형도 슬혀진 지
벌써 오랩니다.

철비가 후누주군이 나리는 이 밤을
주먹이나 빨면서 새우리까?
어머니! 그 어진 손으로
이 울음을 달래어 주시오.

Yerres, Camille Daurelle under an Oak Tree 1871–1878

구름

박인환

어린 생각이 부서진 하늘에
어머니 구름 적은 구름들이
사나운 바람을 벗어난다.

밤비는
구름의 층계를 뛰어내려
우리에게 봄을 알려주고
모든 것이 생명을 찾았을 때
달빛은 구름 사이로
지상의 행복을 빌어주었다.

새벽 문을 여니
안개보다 따스한 호흡으로
나를 안아주던 구름이여

시간은 흘러가
네 모습은 또다시 하늘에
어느 곳에서도 바라볼 수 있는

우리의 전형
서로 손잡고 모이면
크게 한몸이 되어
산다는 괴로움으로 흘러가는 구름
그러나 자유 속에서
아름다운 석양 옆에서
헤매는 것이
얼마나 좋으니

The Plain of Gennevilliers, Yellow Fields 1884

Yerres. From The Exedra, The Porch of The Family Home 1875

사월
아니 잊고 오셨네 꾀꼬리여,
무슨 일로 녹사님은 옛날을 잊고 계신가.

_고려가요 '동동' 중 四月

四月.

산에는 꽃이 피네

화가 파울 클레

시인 윤동주
　　김소월
　　정지용
　　김영랑
　　윤곤강
　　장정심
　　오일도
　　이장희
　　한용운
　　방정환
　　김억
　　조명희
　　마쓰오 바쇼
　　사이교
　　다이구 료칸
　　고바야시 잇사
　　가가노 지요니
　　다카이 기토
　　아리와라노 나리히라

파울 클레 Paul Klee

1879~1940. 독일 화가. 현대 추상회화의 시조. 베른 근처 뮌헨부흐제 출생. 어려서부터 회화와 음악에 뛰어난 재능을 보였으며 바이올린 연주에 뛰어 났다. 21세에 회화를 선택한

후에도 W. R.바그너와 R.슈트라우스, W. A.모차르트의 곡들에 심취하여 그들로부터 많은 영향을 받았다. 1898~1901년 독일의 뮌헨에서 세기 말의 화가 F. 슈투크에게 사사하기도 하였다. 1911년 칸딘스키, F. 마르크, A. 마케와 사귀고, 이듬해 1912년의 '청기사' 제2회전에 참가하였으나 1914년 튀니스여행을 계기로 색채에 눈을 떠 새로운 창조세계로 들어갔다.

청기사파, 바우하우스 등과 관계를 맺었으나 독자적인 노선을 걸었기 때문에 특정 미술 사조로 분류하기는 어렵다. 1921년 바이마르의 바우하우스 교수가 되었고, 후에 뒤셀도르프 미술학 교수가 되어 1933년까지 독일에 머물렀으나 독일에서는 나치스에 의한 예술탄압이 한창 진행되던 시기였다. 급진적인 정치 성향을 가진 클레는 나치가 정권을 잡은 후 바우하우스의 교수직을 박탈당했고, 100여 점 이상의 작품을 몰수당했다. 그러자 독일에 환멸을 느끼고 스위스로 돌아갔다.

그의 작품은 구상적인 미술양식과 추상적인 미술양식 모두를 따르고 있기 때문에, 어느 특정 미술 사조에 속한다고 단정지을 수 없다. 클레는 작품에서 엄격한 입방체와 점묘법, 그리고 자유로

운 드로잉을 실험했으며, 그가 접했던 모든 미술 사조의 가능성을 탐색했다. 1914년에 그는 동료 화가들인 루이 무아예와 아우구스트 마케와 함께 아프리카 튀니지로 여행을 떠났다. 클레는 여행 중에 느낀 감상을 "색채와 나는 하나가 되었다. 나는 화가다."라고 표현했다. 클레는 일찍부터 음악에 관심이 있었는데, 이는 그의 미술 작품의 형식에 영향을 주었다. 그는 〈빨강의 푸가〉(1921)와 〈a장조 풍경〉(1930) 같은 많은 작품들을 음악적인 구조로 정돈했는데, 마치 악보 위에 음표들을 배열하듯이 색채들을 정확히 배열했다.

저술에는 바우하우스에서 강의한 내용을 모은 《조형사고(造形思考, Das bildnerische Denken)》(1956)《일기(Tagebücher)》(1957)가 있다. 작품수장집은 스위스의 베른미술관 내 클레재단에 약 3,000점이 소장되어 있다. 대표작으로는 〈새의 섬〉〈항구〉〈정원 속의 인물〉〈죽음과 불〉 등이다.

Garden Figure 1932

A Woman for Gods 1938

벚꽃잎이여
하늘도 흐려지게
흩날려 다오
늙음이 찾아오는
길 잃어버리게

桜花散り曇れ老いらくの
来むといふなる道まがふがに

아리와라노 나리히라

Park Bei Lu 1938

청양사

옛 정이 그립다고
절간을 찾아오니
불빛에 향기 쌓여
바람도 맑을시고
봄곡조 음을 맞혀
웃음 섞여 노래했소

Angel Still Feminine 1939

끝없는 강물이 흐르네

김영랑

내 마음의 어딘 듯 한 편에 끝없는
강물이 흐르네.
돋쳐 오르는 아침 날빛이 빤질한
은결을 돋우네.
가슴엔 듯 눈엔 듯 또 핏줄엔 듯

마음이 도른도른 숨어 있는 곳
내 마음의 어딘 듯 한 편에 끝없는
강물이 흐르네.

Heroic Strokes of The Bow 1938

High Guardian 1940

Archangel 1938

산유화

김소월

산에는 꽃 피네
꽃이 피네
갈 봄 여름 없이
꽃이 피네.

산(山)에
산(山)에
피는 꽃은
저만치 혼자서 피어 있네.

산에서 우는 작은 새여
꽃이 좋아
산에서
사노라네.

산에는 꽃이 지네
꽃이 지네
갈 봄 여름 없이
꽃이 지네.

The Balloon In The Window 1929

사랑의 전당(殿堂)

윤동주

순(順)아 너는 내 전(殿)에 언제 들어갔던 것이냐?
내사 언제 네 전(殿)에 들어갔던 것이냐?

우리들의 전당(殿堂)은
고풍(古風)한 풍습(風習)이 어린 사랑의 전당(殿堂)

순(順)아 암사슴처럼 수정(水晶)눈을 내려 감아라.
난 사자처럼 엉클린 머리를 고르련다.

우리들의 사랑은 한낱 벙어리였다.

성(聖)스런 촛대에 열(熱)한 불이 꺼지기 전(前)
순(順)아 너는 앞문으로 내달려라.

어둠과 바람이 우리 창(窓)에 부닥치기 전(前)
나는 영원(永遠)한 사랑을 안은 채
뒷문으로 멀리 사라지련다.

이제
네게는 삼림(森林) 속의 아늑한 호수(湖水)가 있고,
내게는 준험(峻險)한 산맥(山脈)이 있다.

Cliffs By The Sea 1931

돌담에 속삭이는 햇발

김영랑

돌담에 속삭이는 햇발같이
풀 아래 웃음 짓는 샘물같이
내 마음 고요히 고운 봄길 위에
오늘 하루 하늘을 우러르고 싶다

새악시 볼에 떠오는 부끄럼같이
시의 가슴 살포시 젖는 물결같이
보드레한 에머랄드 얇게 흐르는
실비단 하늘을 바라보고 싶다

Magical Garden 1926

산골물

괴로운 사람아 괴로운 사람아
옷자락 물결 속에서도
가슴 속 깊이 돌돌 샘물이 흘러
이 밤을 더불어 말할 이 없도다.
거리의 소음과 노래 부를 수 없도다.
그신 듯이 냇가에 앉았으니
사랑과 일을 거리에 맡기고
가만히 가만히
바다로 가자,
바다로 가자.

1914 145   Park

Park 1920

Conquest of The Mountain 1939

Untitled(Last Still Life) 1940

꿈밭에 봄 마음

구비진 돌담을 돌아서 돌아서
달이 흐른다 놀이 흐른다
하이얀 그림자
은실을 즈르르 몰아서
꿈밭에 봄마음 가고 가고 또 간다

Hardy Plants 1934

꽃그늘 아래선
생판 남인 사람
아무도 없네

花の陰赤の他人はなかりけり

고바야시 잇사

Heroic Roses 1938

그 노래

장정심

시보다 더 고운 노래
꽃보다 더 고운 노래
물결이 헤어지듯이
가만한 노래가 듣고 싶소

들도록 더 듣고 싶은 그 노래
이제는 도무지 들을 수 없으니
어디로 가면은 들려 주려오
맑고도 곱고도 다정한 그 노래

병상에 와서도 위로해 주고
고적할 그때도 불러 주고
분주한 그 날에 도와주든
고상하고 다정한 그 노래

침묵의 벗 노래의 벗
그보다 미소의 벗이여
봄에 오려오 가을에 오려오
꿈에라도 그 노래 다시 들려주시오

Evening Figure 1935

소리 나지 않으면
그것으로 작별인가
고양이 사랑

声立てぬ時がわかれぞ猫の恋

가가노 지요니

Cat and Bird 1928

돌팔매

오일도

온종일 바닷가에 나와
걸으며 사색(思索)하며 바다를 바라보아도
내 마음 풀 길 없으매
드디어 나는 돌 한 개 집어
물 위에 핑 던졌다.

바다는 윤(輪)을 그린다.

Signs In Yellow 1937

공상

윤동주

공상—
내 마음의 탑
나는 말없이 이 탑을 쌓고 있다,
명예와 허영의 천공에다,
무너질 줄도 모르고
한 층 두 층 높이 쌓는다.

무한한 나의 공상—
그것은 내 마음의 바다,
나는 두 팔을 펼쳐서,
나의 바다에서
자유로이 헤엄친다.
황금 지욕(知慾)의 수평선을 향하여.

Swiss Glance of a Landscape 1926

Room Architecture With The Yellow Pyramid Cold Warm 1915

Red Balloon 1922

봄은 간다

김억

밤이도다
봄이도다

밤만도 애닲은데
봄만도 생각인데

날은 빠르다
봄은 간다

깊은 생각은 아득이는데
저 바람에 새가 슬피운다

검은 내 떠돈다
종소리 빗긴다

말도 없는 밤의 설움
소리 없는 봄의 가슴

꽃은 떨어진다
님은 탄식한다

Full Moon 1919

인쇄물 위에
문진 눌러놓은 가게
봄바람 불고

絵草紙に鎮おく店や春の風

다카이 기토

Revolution Of The Viaduct 1937

양지쪽

저쪽으로 황토 실은 이 땅 봄바람이
호인(胡人)의 물레바퀴처럼 돌아 지나고
아롱진 사월 태양의 손길이
벽을 등진 섧은 가슴마다 올올이 만진다.

지도째기 놀음에 뉘 땅인 줄 모르는 애 둘이
한 뼘 손가락이 짧음을 한(恨)함이여

아서라! 가뜩이나 엷은 평화가
깨어질까 근심스럽다.

Heisser Ort 1933

고양이의 꿈

이장희

시내 위에 돌다리
달 아래 버드나무
봄안개 어리인 시냇가에, 푸른 고양이
곱다랗게 단장하고 빗겨 있소, 울고 있소.
기름진 꼬리를 치들고
밝은 애달픈 노래를 부르지요.
푸른 고양이는 물오른 버드나무에 스르를 올라가
버들가지를 안고 버들가지를 흔들며
또 목놓아 웁니다, 노래를 부릅니다.

멀리서 검은 그림자가 움직이고,
칼날이 은같이 번쩍이더니,
푸른 고양이도 볼 수 없고,
꽃다운 소리도 들을 수 없고,
그저 쓸쓸한 모래 위에 선혈이 흘러 있소.

Twittering Machine 1880

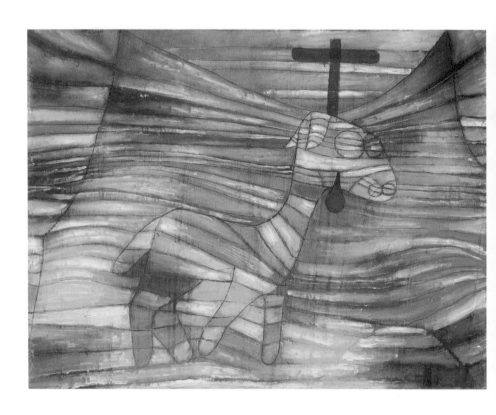

The Lamb 1920

Rose Garden 1920

울적

윤동주

처음 피워본 담배맛은
아침까지 목 안에서 간질간질 타.

어젯밤에 하도 울적하기에
가만히 한 대 피워 보았더니.

ıdhofsbau 1913. 10.

Klee

Cemetery Building 1913

해바라기씨

정지용

해바라기 씨를 심자.
담모퉁이 참새 눈 숨기고
해바라기 씨를 심자.

누나가 손으로 다지고 나면
바둑이가 앞발로 다지고
괭이가 꼬리로 다진다.

우리가 눈 감고 한밤 자고 나면
이슬이 나려와 가치 자고 가고,

우리가 이웃에 간 동안에
해ㅅ빛이 입 마추고 가고,

해바라기는 첫시약시 인데
사흘이 지나도 부끄러워
고개를 아니 든다.

가만히 엿보러 왔다가
소리를 깩! 지르고 간놈이 ──
오오, 사철나무 잎에 숨은
청개고리 고놈이다.

十九日

Gardens in The South 1936

위로(慰勞)

윤동주

거미란 놈이 흉한 심보로 병원(病院) 뒤뜰 난간과 꽃밭 사이
사람 발이 잘 닿지 않는 곳에 그물을 쳐 놓았다. 옥외(屋外)
요양(療養)을 받는 젊은 사나이가 누워서 치어다 보기 바르게—

나비가 한 마리 꽃밭에 날아들다 그물에 걸리었다. 노—란
날개를 파득거려도 파득거려도 나비는 자꾸 감기우기만 한다.
거미가 쏜살같이 가더니 끝없는 끝없는 실을 뽑아 나비의 온몸을
감아버린다. 사나이는 긴 한숨을 쉬었다.

나이(歲)보담 무수한 고생끝에 때를 잃고 병(病)을 얻은 이 사나이를
위로(慰勞)할 말이— 거미줄을 헝클어버리는 것밖에 위로(慰勞)의
말이 없었다.

Athlete's Head 1932

Angel Militant 1940

Oh! These Rumors! 1939

오줌싸개 지도

윤동주

빨랫줄에 걸어 논
요에다 그린 지도는
지난밤에 내 동생
오줌싸 그린 지도

꿈에 가본 엄마 계신
별나라 지돈가?
돈벌러간 아빠 계신
만주땅 지돈가?

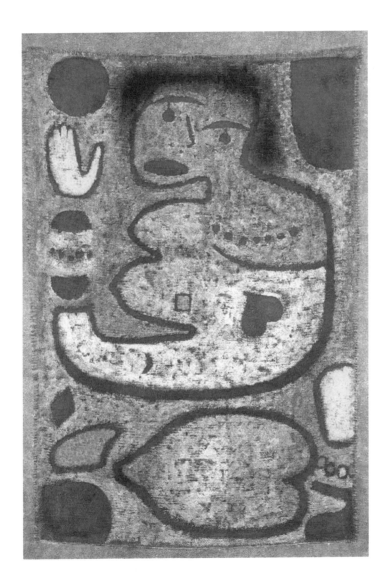

Love Song by The New Moon 1939

애기의 새벽

윤동주

우리집에는
닭도 없단다.
다만
애기가 젖달라 울어서
새벽이 된다.

우리집에는
시계도 없단다.
다만
애기가 젖달라 보채어
새벽이 된다.

Rhythmically 1930

1922 / 131   Schreck eines Mädchens

Fright of a Girl 1922

View into The Fertile Country 1932

형제(兄弟)별

방정환

날 저무는 하늘에
별이 삼형제
반짝반짝
정답게 지내더니,
웬일인지 별 하나
보이지 않고,
남은 별이 둘이서
눈물 흘린다.

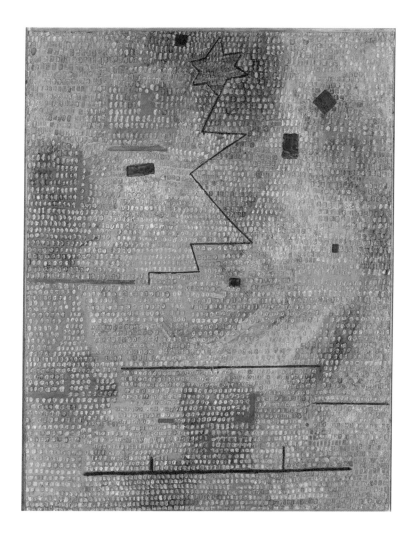

Rising Star 1923

도요새

물가에 노는
한 쌍 도요새.

너
어느 나라에서 날아왔니?

너의 방언(方言)을 내 알 수 없고
내 말 너 또한 모르리!

물가에 노는
한 쌍 도요새.

너 작은 나래가
푸른 향수(鄕愁)에 젖었구나.

물 마시고는
하늘을 왜 처다보니?

물가에 노는
한 쌍 도요새.

이 모래밭에서
물 마시고 사랑하다가

물결이 치면
포트럭 저 모래밭으로.

Blue Bird Pumpkin 1939

Still Life 1924

두 사람의 생
그 사이에 피어난
벚꽃이어라

命二つの中に生きたる桜哉

마쓰오 바쇼

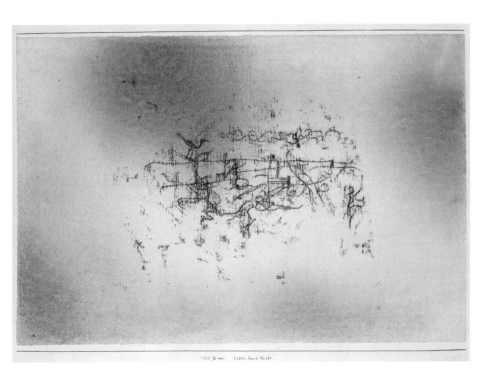

Bird Landscape 1925

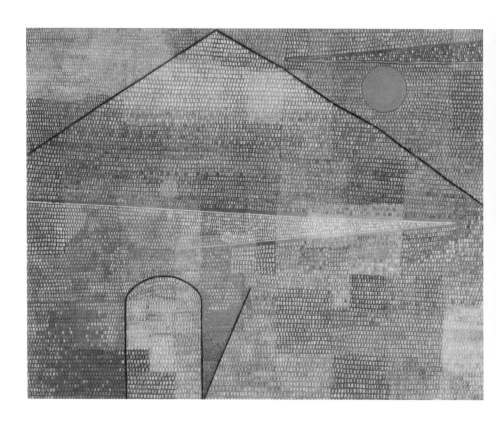

To The Parnassus 1932

View Towards The Port of Hammamet 1914

꽃이 먼저 알아

한용운

옛 집을 떠나서 다른 시골의 봄을 만났습니다.
꿈은 이따금 봄바람을 따라서 아득한 옛터에 이릅니다.
지팡이는 푸르고 푸른 풀빛에 묻혀서, 그림자와 서로
다릅니다.

길가에서 이름도 모르는 꽃을 보고서,
행여 근심을 잊을까 하고 앉아 보았습니다.
꽃송이에는 아침 이슬이 아직 마르지 아니한가 하였더니,
아아, 나의 눈물이 떨어진 줄이야 꽃이 먼저 알았습니다.

Sparse Foliage 1934

봄 2

윤동주

우리 애기는
아래 발추에서 코올코올

고양이는
부뚜막에서 가릉가릉

애기 바람이
나뭇가지에 소올소올

아저씨 햇님이
하늘 한가운데서 째앵째앵

1938 A15 Magdalena vor der Bekehrung

Magdalena Before The Conversion 1938

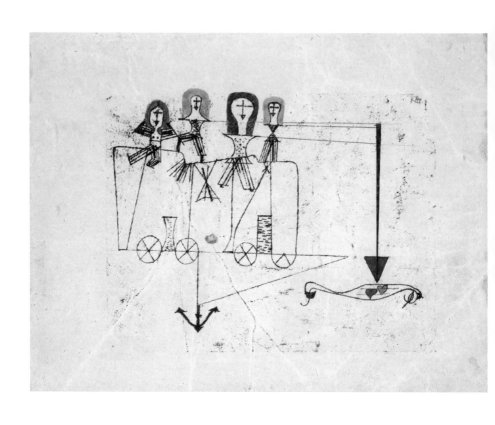

The Virtue Wagon(To The Memory of October 5) 1922

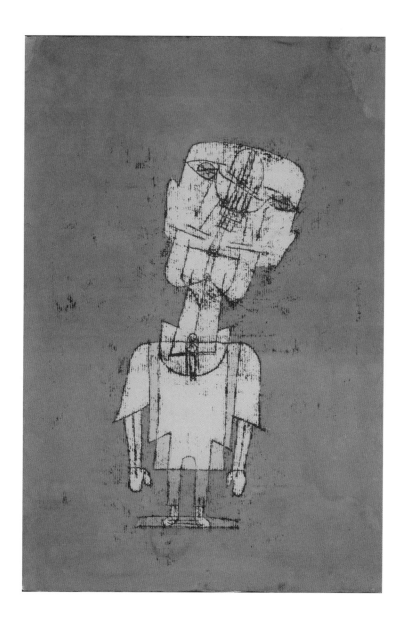

Ghost of a Genius 1925

새 봄

조명희

볕발이 따스거늘
양지(陽地)쪽 마루 끝에
나어린 처녀(處女) 세음으로
두 다리 쭉 뻗고 걸터앉아
생각에 끄을리어 조을던 마음이
얄궂게도 쪼이는 볕발에 갑자기 놀라
행여나 봄인가 하고
반가운 듯 두려운 듯.

그럴 때에 좋을세라고
낙숫물 소리는 새 봄에 장단 같고,
녹다 남은 지붕 마루터기 눈이
땅의 마음을 녹여 내리는 듯,
다정(多情)도 하이 저 하늘빛이어
다시금 웃는 듯 어리운 듯,
"아아, 과연 봄이로구나!" 생각하올 제
이 가슴은 봄을 안고 갈 곳 몰라라.

Wi In a Memory 1938

달밤

윤곤강

담을 끼고 돌아가면
하늘엔 하이얀 달

그림자 같은 초가 들창엔
감빛 등불이 켜지고

밤안개 속 버드나무 수풀
멀리 빛나는 둠벙

어디선지 염소 우는 소리
또, 물 흘러가는 소리…

달빛은 나의 두 어깨 위에
물처럼 여울이 흘렀다

Villa R 1919

저녁

이장희

三十四

버들가지에 내 끼이고,
물 위에 나르는 제비는
어느덧 그림자를 감추었다.

그윽히 빛나는 냇물은
가는 풀을 흔들며 흐르고 있다.
무엇인지 모르는 말 중얼거리며 흐르고 있다.

누군지 다리 위에 망연히 섰다.
검은 그 양자 그리웁고나.
그도 나같이 이 저녁을 쓸쓸히 지내는가.

Likeness in The Bower 1930

Fish Magic 1925

Still Life With Dice 1923

오월 오일에
아! 수릿날 아침 약은
천 년을 길이 사실 약이라고 받치옵니다.

_고려가요 '동동' 중 五月

五月.
다정히도 불어오는 바람

화가 차일드 하삼

시인 윤동주
　　　백석
　　　정지용
　　　김영랑
　　　이병각
　　　이상
　　　허민
　　　권태응
　　　김상용
　　　노자영
　　　장정심
　　　이장희
　　　김명순
　　　고바야시 잇사
　　　타데나 산토카
　　　아라키다 모리다케

차일드 하삼 Frederick Childe Hassam

1859~1935. 미국의 인상주의 화가. 미
국의 도시와 해안을 주로 그렸다. 3,000
점이 넘는 그림, 유화, 수채화, 에칭, 석판
화 등을 제작했으며 20세기 초 미국에서
가장 영향력 있는 예술가 중 한 명이었다.
그의 아버지는 미술품 및 공동품을 많이
소장한 성공한 사업가이며, 어머니는 미
국의 소설가 너새니엘 호손의 후손이다.
어려서부터 미술에 관심이 있었고 드로
잉과 수채화에 뛰어났으나 그의 부모는 초기에 그의 재능에 거
의 주목하지 않았다. 고등학교를 그만두고 나무조각가로 일했으
며 1879년경부터 초기 유화를 만들기 시작했으나 선호하는 장
르는 수채화였고 대부분 풍경화였다.
1883년 보스톤의 윌리엄스 에버렛 갤러리(Williams and Everett
Gallery)에서 열린 첫 개인전에서 수채화를 전시했다. 다음 해, 그
의 친구들의 권유로 중간이름 없이, '차일드 하삼(Childe Hassam)
으로 활동했다. 또한 서명에는 항상 초승달 모양의 상징을 추가
했는데, 그 의미는 알려지지 않고 있다. 정식 미술 교육을 받지
못했으나, 1886년 프랑스의 줄리앙 아카데미에서 구상적 드로
잉과 회화를 공부했으며, 인상주의를 미국 미술계에 알리는 데
중요한 역할을 했다
1880년대 중반, 하삼은 도시 풍경을 그리기 시작했다. 〈보스턴
커먼의 황혼(Boston Common at Twilight)〉(1885)은 그의 첫 번째

작품이었다. 미국의 미술평론가들의 반응은 냉담했으나 그는 크게 성공했고, 파리에서 생활하며 프랑스 예술가들과 교류하였다. 파리뿐만 아니라 유럽 여러 나라, 칠레 등을 여행하며 작품의 영감을 얻었다.

미국 인상주의의 선도적 역할을 했지만, 신인상주의와 후기인상주의로 전환될 때 뒤늦게 인상주의에 합류했다. 후기 작품 중에 가장 독특하고 유명한 작품으로는 '깃발 시리즈(Flag Series)'로 알려진 30여 점의 그림이 있다. 1916년 뉴욕 5번가에서 열린 미국의 세계1차대전 참전 퍼레이드에서 영감을 얻어 연작을 만들었다. 그중 〈빗속의 거리〉는, 2009년 재선에 성공한 오바마 미국 대통령이 자신의 집무실을 재정비하면서 걸어놓아 화제가 되었다. 1919년 하삼은 뉴욕의 이스트햄튼에 살았고, 1920년대부터 에드워드 호퍼나 로버트 헨리 같은 사실주의파에 합류하기도 했다. 1960년대 미국에서 인상주의 화풍이 부활하기 전까지, 하삼은 '비운의 버려진 천재'로 남았으나, 1970년대에 프랑스의 인상주의 작품들이 천문학적인 가격으로 거래되자, 하삼과 미국의 인상주의학파들은 다시 인기를 얻었다.

Poppies, Isles Of Shoals 1891

The Island Garden 1892

장미

이병각

오복소복 장미꽃은 털보다도 반즈럽다. 소년(少年)은
까시가 무서워서 꺽질못하고 꽃송이를 만자거리다가
꽃송이를 따서 입에 너허보았다. 싸근하고 달사한 맛이
조으름을 불럿다. 장미까시는 망아지가 자라거던 발톱
에 꼬저 줄 다갈인가보다. 따끔하고 씨라리기에 손구락
끝을 흙에 문즈르고나니 쌧카만 피가 송송 치미럿다.
입에 넛코 호— 호— 불엇으나 어머니 생각만 간절하고
아프기는 맛찬가지엿다. 하늘만 동그랫다.

Maréchal Niel Roses 1919

모란이 피기까지는

모란이 피기까지는
나는 아직 나의 봄을 기다리고 있을테요
모란이 뚝뚝 떨어져버린 날
나는 비로소 봄을 여읜 설움에 잠길테요
5월 어느 날, 그 하루 무덥던 날
떨어져 누운 꽃잎마저 시들어 버리고는
천지에 모란은 자취도 없어지고
뻗쳐 오르던 내 보람 서운케 무너졌느니
모란이 지고 말면 그뿐, 내 한 해는 다가고 말아
삼백 예순 날 하냥 섭섭해 우옵네다
모란이 피기까지는
나는 아직 기다리고 있을테요,
찬란한 슬픔의 봄을.

Easter Morning (Portrait at a New York Window) 1921

손수건

차두의 작별하든 아차한 눈매
울일 듯 울 듯 참아 못 보다
기적소리에 다시 고개 들어
마지막 눈매를 보려 하였소

그제는 당신이 고개를 숙이고
떨리는 당신의 가슴인 듯이
바람에 손수건이 휘날리여
내 마음 울리기를 시작하였소

일분 일각에 마조친 시선
할 말을 못하며 난위든 그날
잡으려 해도 잡을 수 없었고
머믈려 했어도 머믈을 수 없었소

시간을 다토아 달아나든차
사정을 어찌다 생각했으리까
멀어지던 당신의 손수건만
아직도 희미하게 보이는 듯하오

Lillie(Lillie Langtry) 1898

언덕에 바로 누워

언덕에 바로 누워
아슬한 푸른 하늘 뜻없이 바래다가
나는 잊었습네 눈물 도는 노래를
그 하늘 아슬하여 너무도 아슬하여

이 몸이 서러운 줄 언덕이야 아시련만
마음의 가는 웃음 한때라도 없더라냐
아슬한 하늘 아래 귀여운 맘 질기운 맘
내 눈은 감기였데 감기였데.

Mill Site and Old Todal Dam, Cos Cob 1902

The Little Pond, Appledore 1890

Ten Pound Island 1896

빛깔 환히

김영랑

빛깔 환히
동창에 떠오름을 기둘리신가
아흐레 어린 달이
부름도 없이 홀로 났네

월출동령(月出東嶺)
팔도 사람 다 맞이하소
기척 없이 따르는 마음
그대나 홀히 싸안아 주오

Moonlight on The Sound 1906

달빛이 슬쩍
휘파람새가 슬쩍
날이 밝도다

月ちらり鶯ちらり夜はあけぬ

고바야시 잇사

Broadway and 42nd Street 1902

Strawberry Tea Set 1912

The Evening Star 1891

뉘 눈결에 쏘이었소

뉘 눈결에 쏘이었소
왼통 수줍어진 저 하늘빛
담 안에 복숭아꽃이 붉고
밖에 봄은 벌써 재앙스럽소

꾀꼬리 단두리 단두리로다
빈 골짝도 부끄러워
혼란스런 노래로 흰구름 피어올리나
그 속에 든 꿈이 더 재앙스럽소

In The Sun 1888

꽃잎 하나가 떨어지네
어, 다시 올라가네
나비였네

落花枝に帰ると見れば胡蝶かな

아라키다 모리다케

Thaxter's Garden 1892

다정히도 불어오는 바람

九
日

다정히도 불어오는 바람이길래
내 숨결 가볍게 실어 보냈지
하늘가를 스치고 휘도는 바람
어이면 한숨을 몰아다 주오

Listening to The Orchard Oriole 1902

Summer Evening 1910

Street Scene, Spain 1910

꽃나무

이상

벌판한복판에꽃나무하나가있소. 근처에는꽃나무가
하나도없소. 꽃나무는제가생각하는꽃나무를열심으
로생각하는것처럼열심으로꽃을피워가지고섰소. 꽃
나무는제가생각하는꽃나무에게갈수없소. 나는막달
아났소. 한꽃나무를위하여그러는것처럼나는참그런
이상스러운흉내를내었소.

Apple Trees in Bloom, Old Lyme 1904

꽃모종

권태응

비가 촉촉 오네요.
꽃모종들 합시다.

삭갓 쓰고 아기들
집집마다 다녀요.

장독 옆에 뜰 앞에
알록달록 각색 꽃

곱게 곱게 피면은
온 집 안이 환해요.

A Fisherman's Cottage 1895

남으로 창을 내겠오

남으로 창을 내겠오.
밭이 한참가리
괭이로 파고
호미론 풀을 매지오.

구름이 꼬인다 갈리 있오
새 노래는 공으로 드르랴오
강냉이가 익걸랑
함께 와 자서도 좋소.

왜 사냐건
웃지오.

十
二
日

Old House, East Hampton 1917

The Goldfish Window 1916

View of a Southern French City 1910

허리띠 매는 시악시

김영랑

허리띠 매는 시악시 마음실같이
꽃가지에 은은한 그늘이 지면
흰날의 내 가슴 아지랭이 낀다
흰날의 내 가슴 아지랭이 낀다

Portrait of Ethel Moore 1892

장미 병들어

윤동주

장미 병들어
옮겨 놓을 이웃이 없도다.

달랑달랑 외로히
황마차 태워 산에 보낼거나

뚜—— 구슬피
화륜선 태워 대양에 보낼거나

프로펠러 소리 요란히
비행기 태워 성층권에 보낼거나

이것 저것
다 그만두고

자라가는 아들이 꿈을 깨기 전
이내 가슴에 묻어다오!

Gathering Flowers in a French Garden 1888

그대가 누구를 사랑한다 할 때

김상용

그대가 누구를 사랑한다 할 때
그대는 결국 그대를 사랑하는 겔세.
그대 넉의 그림자가 그리워
알들이 알들이 따라가는 겔세.

그대 넉이 허매지를 안켓는가
허매다 그 사람을 찾앗다 하네
그 사람은 그대의 거울일세.
그대 넉을 비최는 분명한 거울일세.

그대는 그대 그림자를 보고
그 그림자를 거울만 넉여 사랑하네.
그래 그 거울을 사랑한다 하네.
그 사람을 사랑한다 맹서하게 되네.
그러나 그대 그림자 없으면
그대는 도라서 가네.

十五日

그대가 그 사람을 부족타하고 가지 안는가.
그대 넉 못빗최는 구석이 잇는 까닭일세.
지금 그대 넉은 또 길을 떠나네.
누군지 모를 그 사람을
또 찾아 허매러 가네.

그대 넉 온통을 비췰 거울이 어듸 잇나
그대 찾는 정말 그 사람이 어듸 잇나
찾다가 울고 울다가 또 찾아보고
그리다가 찾든 그대 넉 좃차
어듼지 모를 곳 가바릴게 아닌가.

Summer Evening Paris 1889

Promenade at Sunset Paris 1889

풍경(風景)

윤동주

봄바람을 등진 초록빛 바다
쏟아질 듯 쏟아질 듯 위태롭다.

잔주름 치마폭의 두둥실거리는 물결은,
오스라질 듯 한끝 경쾌롭다.

마스트 끝에 붉은 기ㅅ발이
여인의 머리칼처럼 나부낀다.

이 생생한 풍경을 앞세우며 뒤세우며
외-ㄴ 하루 거닐고 싶다.

-우중충한 오월 하늘 아래로,
-바닷빛 포기 포기에 수놓은 언덕으로.

Bailey's Beach, Newport, R.I. 1901

장미

노자영

장미가 곱다고
꺾어보니까
꽃 포기마다
가시입니다.

사랑이 좋다고
따라가 보니까
그 사랑속에는
눈물이 있어요.

그러나 사람은
모든 사람은
가시의 장미를 꺾지 못해서
그 눈물의 사랑을 얻지 못해서
섧다고 섧다고 부르는군요.

The Artist's Wife in a Garden Villiers Le Bel 1889

'호박꽃 초롱' 서시

한울은
울파주 가에 우는 병아리를 사랑한다.
우물돌 아래 우는 돌우래를 사랑한다.
그리고 또
버드나무 밑 당나귀 소리를 임내내는 시인을 사랑한다.

한울은
풀 그늘 밑에 삿갓 쓰고 사는 버섯을 사랑한다.
모래 속에 문 잠그고 사는 조개를 사랑한다.
그리고 또
두툼한 초가지붕 밑에 호박꽃 초롱 혀고 사는 시인을 사랑한다.

한울은
공중에 떠도는 흰 구름을 사랑한다.
골짜구니로 숨어 흐르는 개울물을 사랑한다.
그리고 또
아늑하고 고요한 시골 거리에서 쟁글쟁글 햇볕만 바래는 시인을 사랑한다.

한울은
이러한 시인이 우리들 속에 있는 것을 더욱 사랑하는데
이러한 시인이 누구인 것을 세상은 몰라도 좋으나
그러나
그 이름이 강소천인 것을 송아지와 꿀벌은 알을 것이다.

New England Headlands 1899

The Spanish Stairs, Rome 1987

향내 없다고

김영랑

향내 없다고 버리실라면
내 목숨 꺾지나 말으시오
외로운 들꽃은 들가에 시들어
철없는 그이의 발끝에 좋을걸

Poppies Isles of Shoals 1891

피아노

장정심

높은 소리 낮은 소리
올랐다 나렸다 또 가만히
생명곡에 맞춰 주어서
쾌락하고 숭고한 음악이었소

가느단 소리 우렁찬 소리
이 강산을 떠들썩하니
웃음을 띠운 인생곡이 나와
멀리 더 멀리 보내주었소

백어 같은 그대의 흰 손에
은어 금어가 꼬리를 치는 듯
내 귀에 들려 웃겼다 울렸다
이대로 음악 속에 살고 싶으오

황혼도 기웃이 들여다보며
그대의 얼굴에 웃음 띄우니
우정 자연 모든 정든 벗
나를 위하여 놀아주었소

The Sonata 1911

오월한(五月恨)

김영랑

모란이 피는 오월달
월계도 피는 오월달
온갖 재앙이 다 벌어졌어도
내 품에 남는 다순 김 있어
마음실 튀기는 오월이러라

무슨 대견한 옛날였으랴
그래서 못 잊는 오월이랴
청산을 거닐면 하루 한 치씩
뻗어 오르는 풀숲 사이를
보람만 달리든 오월이러라

아모리 두견이 애닯어해도
황금 꾀꼬리 아양을 펴도
싫고 좋고 그렇기보다는
풍기는 내음에 지늘껴것만
어느새 다 해─진 오월이러라

The Water Garden 1909

그의 반

정지용

내 무엇이라 이름하리 그를?
나의 영혼 안의 고운 불,
공손한 이마에 비추는 달,
나의 눈보다 값진 이,
바다에서 솟아 올라 나래 떠는 금성(金星),
쪽빛 하늘에 흰 꽃을 달은 고산 식물(高山植物),
나의 가지에 머물지 않고,
나의 나라에서도 멀다.
홀로 어여삐 스사로 한가로워—항상 머언 이,
나는 사랑을 모르노라. 오로지 수그릴 뿐.
때없이 가슴에 두 손이 여미어지며
굽이굽이 돌아 나간 시름의 황혼(黃昏) 길 위—
나—바다 이편에 남긴
그의 반임을 고이 지니고 걷노라.

July Night 1898

Quai St. Michel 1888

Oyster Sloop, Cos Cob 1902

가늘한 내음

내 가슴 속에 가늘한 내음
애끈히 떠도는 내음
저녁 해 고요히 지는 때
먼 산(山)허리에 슬리는 보랏빛

오! 그 수심 뜬 보랏빛
내가 잃은 마음의 그림자
한 이틀 정열에 뚝뚝 떨어진 모란의
깃든 향취가 이 가슴 놓고 갔을 줄이야

얼결에 여읜 봄 흐르는 마음
헛되이 찾으려 허덕이는 날
뻘 위에 철석 갯물이 놓이듯
얼컥 이는 훗근한 내음

아 ! 훗근한 내음 내키다 마는
서어한 가슴에 그늘이 도나니
수심 뜨고 애끈하고 고요하기
산허리에 슬리는 저녁 보랏빛

Oregon Landscape 1908

오후의 구장(球場)

윤동주

늦은 봄 기다리던 토요일날
오후 세시 반의 경성행 열차는
석탄 연기를 자욱이 풍기고
소리치고 지나가고

한 몸을 끌기에 강하던
공이 자력을 잃고
한 모금의 물이
불붙는 목을 축이기에
넉넉하다.
젊은 가슴의 피 순환이 잦고,
두 철각(鐵脚)이 늘어진다.

검은 기차 연기와 함께
푸른 산이
아지랑이 저쪽으로
가라앉는다.

The Bridge at Grez(recto) 1904

내 홋진 노래

김영랑

그대 내 홋진 노래를 들으실까
꽃은 가득 피고 벌떼 잉잉거리고

그대 내 그늘 없는 소리를 들으실까
안개 자욱이 푸른 골을 다 덮었네

그대 내 홍 안 이는 노래를 들으실까
봄 물결은 왜 이는지 출렁거리네

내 소리는 꿰벗어 봄철이 실타리
호젓한 소리 가다가는 쓸쓸한 소리

어슨 달밤 빨간 동백꽃 쥐어따서
마음씨냥 꽁꽁 주물러 버리네

Poppies Isles of Shoals 1890

Avenue of the Allies–Brazil, Belgium 1918

The Avenue in The Rain 191

오늘

오늘은 십년보다 얼마나 더 귀한고
어제도 이별되고 내일도 모를 일이
그러나 오늘 하루만은 마음 놓고 살려오

Couch on The Porch Cos Cob 1914

사랑의 몽상(夢想)

허민

꽃들은 시들어 열매 맺으나
님들은 나눠져 눈물만 남아
열매를 안 맺는 꽃이랄진대
사랑도 아침 들 선안개지요

바닷가 갈대가 나부껴도
안 부는 바람에 흔들릴거나
님이라 이저곳 눈물 젖어도
눈물이 자는 곳 참사랑이죠

Geraniums 1888

봄 비

노자영

봄 비 밤새도록 소리없이 내리는 비!
첫사랑을 바치는 그 여인의 넋같은 보드러운 촉수(觸手)!
따뜻한 네 지정(至情)에 말랐던 개나리 다시 눈뜨리!

방울방울 눈물자욱 나무 가지에 어려
청록이 적은 엄은 어머니 유방에 묻힌 어린애 눈 같구나!
아, 봄 비. 어머니 마음씨 같은 보드러운 너의 애무!
오늘밤도 내리고 내일밤도 내려라
겨울도, 추위도, 얼음도 네 발자욱 밑에 모두 녹았으니.

Twenty Six of June Old Lyme 1912

Coast Scene, Isles of Shoals 1901

April(The Green Gown) 1920

꿈은 깨어지고

잠은 눈을 떴다
그윽한 유무(幽霧)에서.

노래하는 종달이
도망쳐 날아나고,

지난날 봄타령하든
금잔디밭은 아니다.

탑(塔)은 무너졌다,
붉은 마음의 탑(塔)이—

손톱으로 새긴 대리석탑(大理石塔)이—
하로저녁 폭풍(暴風)에 여지(餘地)없이도,

오오 황폐(荒廢)의 쑥밭,
눈물과 목메임이여!

꿈은 깨어졌다
탑(塔)은 무너졌다.

二十九日

Moonlight The Old House 1906

기도

김명순

거울 앞에 밤마다 밤마다
좌우편에 촛불 밝혀서
한없는 무료를 잊고 지고
달빛같이 파란 분 바르고서는
어머니의 귀한 품을 꿈꾸려.

귀한 처녀 귀한 처녀 설운 신세 되어
밤마다 밤마다 거울의 앞에.

Fifth Avenue Nocturne 1895

모두 거짓말이었다며
봄은 달아나 버렸다

みんな嘘にして春は逃げてしまった

타데나 산토카

Roses in a Vase 1890

Washington Arch, Spring 1890

The South Ledges, Appledore 1913

유월 보름에
아! 벼랑가에 버린 빗 같구나.
돌아보실 님을 잠시나마 따르겠습니다.

_고려가요 '동동' 중 六月

六月.

이파리를 흔드는 저녁 바람이

화가 에드워드 호퍼

시인 윤동주
백석
정지용
김영랑
한용운
윤곤강
박용철
변영로
노자영
김명순
장정심
권환
박용철
정지상
황석우
로버트 시모어 브리지스
요사 부손
미사부로 데이지
오스가 오쓰지

에드워드 호퍼 Edward Hopper

1882~1967. 미국의 대표적인 사실주의 화가. 뉴욕 주 나이아크에서 출생, 뉴욕에서 사망했다. 1889년경 파슨스디자인스쿨의 전신인 뉴욕예술학교에서 미국의 사실주의 화가 로버트 헨리에게서 그림을 배웠다. 에드워드 호퍼는 현대 미국인의 삶과 고독, 상실감을 탁월하게 표현해내 전 세계적으로 열렬하게 환호와 사랑을 받는 화가이다. 그의 여유롭고  정밀하게 계산된 표현은 근대 미국인의 삶에 대한 그의 개인적인 시각을 반영한다. 희미하게 음영이 그려진 평면적인 묘사법에 의한 정적(靜寂)이며 고독한 분위기를 담은 건물이 서 있는 모습이나 사람의 자태는 지극히 미국적인 특색을 강하게 보여주고 있다. 그는 미국 생활(주유소, 모텔, 식당, 극장, 철도, 거리 풍경)과 사람들의 일상생활이라는 두 가지를 주제로 삼았으며, 그의 작품들은 산업화와 제1차 세계대전, 경제대공황을 겪은 미국의 모습을 잘 나타냈고, 그 때문에 사실주의 화가로 불린다. 1960년대와 1970년대 팝아트, 신사실주의 미술에 큰 영향을 미쳤다. 평범한 일상을 의미심장한 진술로 표현하여 대중적인 인기를 얻었다.

1924년 호퍼는 같이 미술을 공부했던 동급생인 조세핀 버스틸 니비슨과 결혼했다. 호퍼가 조세핀이 화가로 활동하는 것에 반대했기 때문에 종종 심각할 정도로 부부싸움을 하기도 했지만, 둘의 오래고 복잡한 관계는 호퍼의 인생에 있어서 가장 중요한 부분을 차지했다. 호퍼의 대표작품은 〈밤을 지새우는 사람들〉은 조세핀과 자주 다니던 뉴욕의 24시간 식당을 배경으로 한 것이며, 조세핀은 호퍼의 그림에 등장하는 여인의 모델이 되어 호퍼가 요구하는 다양한 역할을 능숙하게 해냈다. 아내의 헌신과 조력으로, 결혼 후 호퍼는 직업적으로 성공하고 빠르게 명성을 얻었다.

주요 작품으로 〈철길 옆의 집(House by the Railroad)〉(1925), 〈자동판매기 식당(Automat)〉(1927), 〈일요일 이른 아침(Early Sunday Morning)〉(1930), 〈호텔 방(Hotel Room)〉(1931), 〈뉴욕 극장(New York Movie)〉(1939), 〈주유소(Gas)〉(1940), 〈밤을 지새우는 사람들(Nighthawks)〉(1942) 등이 있다.

The Circle Theatre 1936

Early Sunday morning 1930

그 노래

장정심

시보다 더 고운 노래
꽃보다 더 고운 노래
물결이 헤어지듯이
가만한 노래가 듣고 싶소

들도록 더 듣고 싶은 그 노래
이제는 도무지 들을 수 없으니
어디로 가면은 들여 주려오
맑고도 곱고도 다정한 그 노래

병상에 와서도 위로해 주고
고적할 그때도 불러 주고
분주한 그날에 도와주든
고상하고 다정한 그 노래

침묵의 벗 노래의 벗
그보다 미소의 벗이여
봄에 오려오 가을에 오려오
꿈에라도 그 노래 다시 들려주시오

Cape Cod Morning 1950

나무

윤동주

二日

나무가 춤을 추면
바람이 불고,
나무가 잠잠하면
바람도 자오.

First Branch of The White River Vermont 1938

첫여름

윤곤강

들에 괭잇날
비눌처럼 빛나고
풀 언덕엔
암소가 기일게 운다

냇가로 가면
어린 바람이 버들잎을
물처럼 어루만지고 있었다

Bistro 1909

개똥벌레

윤곤강

四日

저만이 어둠을 꿰매는 양
꽁무니에 등불을 켜 달고 다닌다

Night Shadows 1921

Ground Swell 1939

Cape Cod Evening 1939

반디불

윤동주

가자 가자 가자
숲으로 가자
달조각을 주으러
숲으로 가자.

── 그믐밤 반디불은
── 부서진 달조각,

가자 가자 가자
숲으로 가자
달조각을 주으러
숲으로 가자.

Rooms for Tourists 1945

Summertime 1943

Seven A.M. 1948

여름밤의 풍경

六
日

새벽 한 시 울타리에 주렁주렁 달린 호박꽃엔
한 마리 반딧불이 날 찾는 듯 반짝거립니다
아, 멀리 계신 님의 마음 반딧불 되어 오셨습니까?
삼가 방문을 열고 맨발로 마중 나가리다.

창 아래 잎잎이 기름진 대추나무 사이로
진주같이 작은 별이 반짝거립니다
당신의 고운 마음 별이 되어 날 부르시나이까
자던 눈 고이 닦고 그 눈동자 바라보리다.

후원 담장 밑에 하얀 박꽃이 몇 송이 피어
수줍은 듯 홀로 내 침실을 바라보나이다
아, 님의 마음 저 꽃이 되어 날 지키시나이까
나도 한 줄기 미풍이 되어 당신 귀에 불어가리다.

Moonlight Interior 1923

숲 향기 숨길

김영랑

숲 향기 숨길을 가로막았소
발 끝에 구슬이 깨이어지고
달 따라 들길을 걸어다니다
하룻밤 여름을 새워 버렸소

House at Dusk 1935

Drug Store 1927

Chair Car 1965

여름밤이 길어요

한용운

당신이 계실 때에는 겨울밤이 쩌르더니 당신이
가신 뒤에는 여름밤이 길어요
책력의 내용이 그릇되었나 하였더니 개똥불이
흐르고 벌레가 웁니다
긴 밤은 어디서 오고 어디로 가는 줄을 분명히
알았습니다
긴 밤은 근심바다의 첫 물결에서 나와서 슬픈
음악이 되고 아득한 사막이 되더니 필경 절망의
성(城) 너머로 가서 악마의 웃음 속으로
들어갑니다

그러나 당신이 오시면 나는 사랑의 칼을 가지고
긴 밤을 깨어서 일천(一千) 토막을 내겠습니다
당신이 계실 때는 겨울밤이 쩌르더니 당신이 가신
뒤는 여름밤이 길어요

Summer Evening 1947

정주성

백석

산(山)턱 원두막은 뷔였나 불빛이 외롭다
헝겊심지에 아즈까리 기름의 쪼는 소리가 들리는
듯하다

잠자리 조을든 문허진 성(城)터
반딧불이 난다 파란 혼(魂)들 같다
어데서 말 있는 듯이 크다란 산(山)새 한 마리 어두운
골짜기로 난다

헐리다 남은 성문(城門)이
한울빛같이 훤하다
날이 밝으면 또 메기수염의 늙은이가 청배를 팔러
올 것이다

九
日

House by The Railroad 1925

산림(山林)

윤동주

시계(時計)가 자근자근 가슴을 때려
불안(不安)한 마음을 산림이 부른다.

천년(千年) 오래인 연륜(年輪)에 짜들은 유암(幽暗)한 산림이,
고달픈 한몸을 포옹(抱擁)할 인연(因緣)을 가졌나 보다.

산림의 검은 파동(波動) 위로부터
어둠은 어린 가슴을 짓밟고

이파리를 흔드는 저녁바람이
쏴— 공포(恐怖)에 떨게 한다.

멀리 첫여름의 개구리 재질댐에
흘러간 마을의 과거(過去)는 아질타.

나무틈으로 반짝이는 별만이
새날의 희망(希望)으로 나를 이끈다.

十
日

Railroad Sunset 1929

이름을 듣고
또 다시 보게 되네
풀에 핀 꽃들

名を聞いてまた見直すや草の花

미사부로 데이지

Carolina Morning 1955

Room in New York 1932

New York Movie 1939

하몽(夏夢)

넓고 망망한 이 지구 위엔
산도 바다도 소나무도 야자수도
빌딩도 전신주도 레일도 없는

오직 불그레한 복숭아꽃 노 ― 란 개나리꽃만
빈틈없이 덮인 꽃 바다 꽃 숲이었다

노 ― 란 바다 불그레한 숲 그 속에서
리본도 넥타이도 스타킹도 없는 발가벗은 몸둥이로
영원한 청춘을 노래하였다

무상(無像)의 조각처럼
영원히 피곤도 싫증도 모르고

영원히 밝고 영원히 개인 날에

나는 손으로 기타를 치면서
발로는 댄서를 하였다

그것은 무거운 안개가 땅을 덮은
무덥고 별없는 어느 여름밤 꿈이었다

Morning Sun 1952

송인(送人)

정지상

雨歇長堤草色多 우헐장제초색다
送君南浦動悲歌 송군남포동비가
大同江水何時盡 대동강수하시진
別淚年年添綠波 별루년년첨록파

비 개인 긴 언덕에는 풀빛이 푸른데
그대를 남포에서 보내며 슬픈 노래 부르네
대동강 물은 그 언제 다할 것인가
이별의 눈물 해마다 푸른 물결에 더하는 것을

Blackwell's Island 1928

보기 좋아라
내 사랑하는 님의
새하얀 부채

目に嬉し恋君の扇真白なる

요사 부손

Rooms by The Sea 1951

가슴 1

十
五
日

소리 없는 북,
답답하면 주먹으로
뚜드려 보오.

그래 봐도
후—
가—는 한숨보다 못하오.

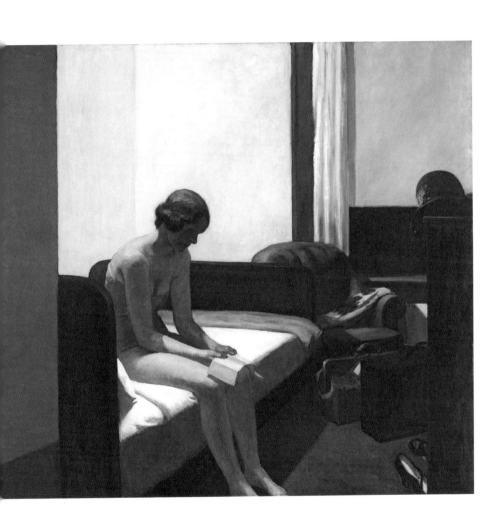

Hotel Room 1931

쉽게 쓰여진 시

윤동주

창 밖에 밤비가 속살거려
육첩방(六疊房)은 남의 나라,

시인이란 슬픈 천명인 줄 알면서도
한 줄 시를 적어볼까.

땀내와 사랑내 포근히 품긴
보내주신 학비봉투를 받아

대학 노트를 끼고
늙은 교수의 강의 들으러 간다.

생각해보면 어린 때 동무를
하나, 둘, 죄다 잃어버리고

나는 무얼 바라
나는 다만, 홀로 침전하는 것일까?

인생은 살기 어렵다는데
시가 이렇게 쉽게 쓰여지는 것은
부끄러운 일이다.

육첩방은 남의 나라
창 밖에 밤비가 속살거리는데

등불을 밝혀 어둠을 조금 내몰고
시대처럼 올 아침을 기다리는 최후의 나,

나는 나에게 작은 손을 내밀어
눈물과 위안으로 잡은 최초의 악수.

Room in Brooklyn 1932

Automat 1927

아침

윤동주

휙, 휙, 휙,
소꼬리가 부드러운 채찍질로
어둠을 쫓아
캄, 캄, 어둠이 깊다 깊다 밝으오.

이제 이 동리의 아침이
풀살 오는 소엉덩이처럼 푸르오.
이 동리 콩죽 먹은 사람들이
땀물을 뿌려 이 여름을 길렀소.

잎, 잎, 풀잎마다 땀방울이 맺혔소.

꾸김살 없는 이 아침을
심호흡하오 또 하오.

People in the Sun 1960

몽미인(夢美人)

변영로

꿈이면 가지는 그 길
꿈이면 들리는 그 집
꿈이면 만나는 그 이

어느결 가지는 그 길
언제나 낯익은 그 길
웃잖고 조용한 그 얼굴

커다란 유심한 그 눈
담은 채 말 없는 그 입
잡으랴 놓치는 그 모습

어찌다 깨이면 그 꿈
서글기 끝 없네 내 마음
다시금 잠 들랴 헛된 일

딱딱한 포도(舖道)를 걸으며
짝 잃은 나그네 홀로서
희미한 그 모습 더듬네

머잖아 깊은 잠 들 때엔
밤낮에 못 잊은 그대를
그 길가 그 집서 뵈시리.

High Noon 1949

The Bootleggers 1925

사랑

황석우

사랑은 잿갈거리기 잘하는
제비의 혼(魂)!
그들은 사람들의 입술 위의 추녀 끝에
보금자리를 치고 있다

New York Restaurant 1922

한 조각 하늘

박용철

무심한 눈을 들창으로 치어들다,
한 조각 푸른 하늘이 눈에 뜨이여

이 얼마 하늘을 잊고 살던 일이 생각되여
잊어버렸든 귀한 것을 새로 찾은 듯싶어라.

네 벽 좁은 방 안에 있는 마음이 뛰어
눈에 거칠 것 없는 들녘 언덕 위에

둥그런 하늘을 온통 차일 삼고
바위나 어루만지며 서 있는 듯 기뻐라.

Office in a Small City 1953

그대는 호령도 하실 만하다

김영랑

창랑에 잠방거리는 흰 물새러냐
그대는 탈도 없이 태연스럽다

마을 휩쓸고 목숨 앗아간
간밤 풍랑도 가소롭구나

아침 날빛에 돛 높이 달고
청산아 보아라 떠나가는 배

바람은 차고 물결은 치고
그대는 호령도 하실 만하다

The Long Leg 1930

Blackhead Monhegan 1919

Cobb's Barns and Distant Houses 1930–1933

유월

윤곤강

보리 누르게 익어
종달이 하늘로 울어 날고
멍가나무의 빨간 열매처럼
나의 시름은 익는다

Corn Hill 1930

병원

살구나무 그늘로 얼굴을 가리고, 병원 뒤뜰에 누워,
젊은 여자가 흰 옷 아래로 하얀 다리를 드러내 놓고
일광욕을 한다. 한나절이 기울도록 가슴을 앓는다는
이 여자를 찾아오는 이, 나비 한 마리도 없다.
슬프지도 않은 살구나무 가지에는 바람조차 없다.

나도 모를 아픔을 오래 참다 못해 처음으로 이 곳을
찾아 왔다. 그러나 나의 늙은 의사는 젊은이의 병을
모른다. 나한테는 병이 없다고 한다. 이 지나친 시련,
이 지나친 피로, 나는 성내서는 안 된다.

여자는 자리에서 일어나 옷깃을 여미고 화단에서
금잔화 한 포기를 따 가슴에 꽂고 병실 안으로
사라진다. 나는 그 여자의 건강이— 아니 나의
건강도 속히 회복되길 바라며 그가 누웠던 자리에
누워 본다.

Sun in an Empty Room 1963

밤

정지용

눈 머금은 구름 새로
흰달이 흐르고,

처마에 서린 탱자나무가 흐르고,

외로운 촉불이, 물새의 보금자리가 흐르고……

표범 껍질에 호젓하이 쌓이여
나는 이 밤, 「적막한 홍수」를 누어 건느다.

Eleven A.M. 1926

가로수(街路樹)

가로수(街路樹), 단촐한 그늘밑에
구두술 같은 헤ㅅ바닥으로
무심(無心)히 구두술을 할는 시름.

때는 오정(午正). 싸이렌,
어디로 갈 것이냐?

□시 그늘은 맴돌고.
따라 사나이도 맴돌고.

Sun on Prospect Street(Gloucester, Massachusetts) 1934

Gas 1940

Night Windows 1928

내렸다가 그치고
불었다가 그치는
밤의 고요

降り止みし吹きやみし夜のさゆるなり

오스가 오쓰지

Nighthawks 1942

눈 감고 간다

윤동주

태양을 사모하는 아이들아
별을 사랑하는 아이들아

밤이 어두웠는데
눈 감고 가거라.

가진 바 씨앗을
뿌리면서 가거라.

발뿌리에 돌이 채이거든
감았던 눈을 왓작 떠라.

二十七日

Cottages at North Truro 1938

개

「이 개 더럽잖니」
아——니 이웃집 덜렁 수캐가
오늘 어슬렁어슬렁 우리집으로 오더니
우리집 바둑이의 밑구멍에다 코를 대고
씩씩 내를 맡겠지 더러운 줄도 모르고,
보기 흉해서 막 차며 욕해 쫓았더니
꼬리를 휘휘 저으며
너희들보다 어떻겠냐 하는 상으로
뛰어가겠지요 나——참.

Sunlights in Cafeteria 1958

Sheridan Theatre 1937

Two Comedians 1966

바람과 노래

김명순

떠오르는 종다리 지종지종하매
바람은 옆으로 애끓이더라
서창(西窓)에 기대 선 처녀
임에게 드리는 노래 바람결에 부치니
바람은 쏜살같이 남으로 불어가더라

Western Motel 1957

6월이 오면, 인생은 아름다워라!

로버트 브리지스

유월이 오면 날이 저물도록
향기로운 건초 속에 사랑하는 이와 앉아
잔잔함 바람 부는 하늘 높은 곳 흰 구름이 짓는,
햇살 비추는 궁궐도 바라보겠소.
나는 노래를 만들고, 그녀는 노래하고,
남들이 보지 못하는 건초더미 보금자리에,
아름다운 시를 읽어 해를 보내오.
오, 인생은 즐거워라, 유월이 오면.

Sunlight on Brownstones 1956

Life is delight when June is come

Robert Seymour Bridges

When June is come, then all the day,
I'll sit with my love in the scented hay,
And watch the sunshot palaces high
That the white clouds build in the breezy sky.
She singth, and I do make her a song,
And read sweet poems whole day long;
Unseen as we lie in our haybuilt home,
O, life is delight when June is come

Les Deux Pigeons 1920

Summer Interior 1909

Woman In The Sun 1961

칠월 보름에
아! 갖가지 제물 벌여 두고
님과 함께 지내고자 소원을 비옵니다.

_고려가요 '동동' 중 七月

七月.
천둥소리가 저 멀리서 들려오고

화가 제임스 휘슬러

시인 윤동주
      백석
      정지용
      김소월
      김영랑
      한용운
      노자영
      장정심
      이상화
      이육사
      윤곤강
      고석규
      이장희
      허민
      마사오카 시키
      다이구 료칸
      사이교
      고바야시 잇사

제임스 휘슬러 James Abbott McNeill Whistler

1834~1903. 유럽에서 활약한 미국의 화가. '예술을 위한 예술'을 표방하고 회화의 주제 묘사로부터의 해방을 주장하여 차분한 색조와 그 해조(諧調)의 변화에 의한 개성적 양식을 확립했다.

매사추세츠주 로웰 출생. 어린 시절을 러시아에서 지내고 귀국 후 워싱턴에서 그림공부를 하다가, 1855년 파리에 유학하여 에콜 데 보자르에서 마르크 가브리엘 샤를 글레르의 문하생이 되었다. 그러나 귀스타브 쿠르베의 사실주의에 끌리고 마네, 모네 등 인상파 화가들과 교유하면서 점차 독자적인 화풍을 개척했다.

젊었을 때는 군대를 동경하여 3년간 웨스트포인트 사관학교에 다니기도 했다. 하지만 자유를 갈망하는 성격과 그림을 좋아하는 본성을 따라 미술을 시작하게 되었다. 파리에서 본격적으로 그림을 배웠고, 1863년 파리의 낙선자 전람회에 〈흰색의 교향곡 1번, 흰 옷을 입은 소녀〉를 출품하여 화제를 일으켰다. 그러나 그 작품으로 촉발된 일련의 사건들로, 파리에 대한 혐오를 느껴 본거지를 런던으로 옮겼다. 〈회색과 검정색의 조화, 1번-화가의 어머니〉외에 〈알렉산더 양〉 등 훌륭한 초상화를 남겼으며 1877년부터 〈야경(夜景)〉의 연작을 발표했다. 휘슬러는 그의 작품을 회색과 녹색의 해조(諧調)라든가, 회색과 흑색의 배색 등 갖가지의 첨색으로 그렸으며, 색채의 충동을 피하여 작품에 조용한 친근감을 주고 있다.

1877년 〈불꽃〉 등을 선보인 개인전을 런던에서 열었을 때 J.러스킨의 혹평에 대해 소송을 일으켜 승소하였지만, 이는 몰이해한 군중을 한층 더 적으로 만드는 결과가 되고 말았다. 휘슬러는 또한 작가이자 평론가인 오스카 와일드와도 교유하여, 그의 강연집이 프랑스어로 출간되기도 했다. 그는 에칭에도 뛰어나 판화집도 출판했으며, 동양 문화를 모티프로 한 피코크 룸(현재 워싱턴의 프리미어 미술관으로 옮겨서 보존)을 설계하기도 하였다. 주요작품에 〈흰색의 교향곡 1번, 흰 옷을 입은 소녀〉〈회색과 검정색의 조화, 1번-화가의 어머니〉〈검정과 금빛 야상곡〉〈녹턴 파란색과 은색-첼시〉 등이 있다.

The Blue Girl 1872–1874

Harmony in Flesh Colour and Red 1869

천둥소리가 저 멀리서 들려오고
구름이 끼어서 비라도 내리지 않을까
그러면 널 붙잡을 수 있을 텐데

—

천둥소리가 저 멀리서 들리며
비가 내리지 않는다 해도
당신이 붙잡아 주신다면

만엽집의 단가 中

Grey and Silver – Chelsea Wharf 1864–1868

鳴る神の 少し響みて
さし曇り 雨も降らぬか
きみを留めむ

—

鳴る神の 少し響みて
降らずとも
吾は留まらむ 妹し留めば

Nocturne in Blue and Silver: The Lagoon, Venice 1879–1880

비 오는 밤

윤동주

쏴! 철석! 파도소리 문살에 부서져
잠 살포시 꿈이 흩어진다.

잠은 한낱 검은 고래떼처럼 살래어,
달랠 아무런 재주도 없다.

불을 밝혀 잠옷을 정성스리 여미는
삼경(三更).
염원(念願)

동경의 땅 강남에 또 홍수질 것만 싶어,
바다의 향수보다 더 호젓해진다.

Nocturne in Black and Gold – The Falling Rocket 1875

어느 여름날

노자영

비가 함박처럼 쏟아지는 어느 여름날 ——
어머니는 밀전병을 부치기에 골몰하고
누나는 삼을 삼으며 미나리 타령을 불러

밀짚 방석에 가로누워 코를 골든 나는
미나리 타령에 잠이 깨어 주먹으로 눈을 부비며
"선희도 시집이 가고 싶은가 보군. 노래를 부르고!"

누나는 얼굴이 붉어지고
외양간의 송아지도 엄매! 하며
그 소리 부럽던 날 ——
이 날은 벌써 스무 해 전 옛날이었다.

三日

Nocturne: Battersea Bridge 1872–1873

Purple and Rose: The Lange Leizen of the Six Marks 1864

Reading by Lamplight 1858

청포도

이육사

내 고장 칠월(七月)은
청포도가 익어가는 시절

이 마을 전설이 주저리 주저리 열리고
먼데 하늘이 꿈꾸며 알알이 들어와 박혀

하늘밑 푸른 바다가 가슴을 열고
흰 돛단배가 곱게 밀려서 오면

내가 바라는 손님은 고달픈 몸으로
청포를 입고 찾아온다고 했으니

내 그를 맞아 이 포도를 따 먹으면
두 손은 함뿍 적셔도 좋으련

아이야 우리 식탁엔 은쟁반에
하이얀 모시 수건을 마련해 두렴

四日

Seascape, Dieppe 1884–1886

비

백석

아카시아들이 언제 흰 두레방석을 깔았나
어데서 물쿤 개비린내가 온다

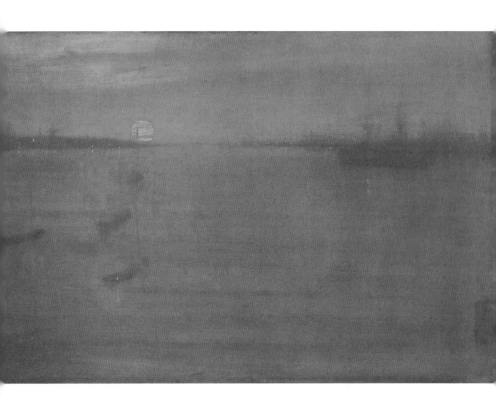

Nocturne: Blue and Gold--Southampton Water 1872

장마

고석규

바람에 앞서며 강(江)이 흘렀다
강보다 너른 추세(趨勢)였다.

몸을 내리는 것은 어두움과
푸를적한 안개의 춤들.

더부러 오는 절류(絶流)가에
웃녘의 실지(失地)들을 바라보며
앉았고 서고 남았다.
망서리는 우리들이었다.

Note in Gold and Silver – Dordrecht 1884

손바닥 안의
반딧불이 한 마리
그 차가운 빛

手の内に蛍つめたき光かな

마사오카 시키

Nocturne: Silver and Opal 1889

Grey and Silver– Old Battersea Reach 1863

Battersea Reach 1863

빨래

윤동주

빨랫줄에 두 다리를 드리우고
흰 빨래들이 귓속 이야기하는 오후,

쨍쨍한 칠월 햇발은 고요히도
아담한 빨래에만 달린다.

Flower Market 1885

기왓장 내외

윤동주

비오는날 저녁에 기왓장내외
잃어버린 외아들 생각나선지
꼬부라진 잔등을 어루만지며
쭈룩쭈룩 구슬퍼 울음웁니다.

대궐지붕 위에서 기왓장내외
아름답든 옛날이 그리워선지
주름잡힌 얼굴을 어루만지며
물끄러미 하늘만 처다봅니다.

A Shop with a Balcony 1899

나의 창(窓)

윤곤강

등불 끄고 물소리 들으며
고이 잠들자

가까웠다 멀어지는
나그네의 지나는 발자춰…

나그네 아닌 사람이 어디 있더냐
별이 지고 또 지면

달은 떠 오리라
눈도 코도 잠든 나의 창에…

Boutique de Boucher: The Butcher's Shop 1858

눈물이 쉬루르 흘러납니다

김소월

눈물이 수르르 흘러납니다,
당신이 하도 못 잊게 그리워서
그리 눈물이 수르르 흘러납니다.

잊히지도 않는 그 사람은
아주 나 내버린 것이 아닌데도,
눈물이 수르르 흘러납니다.

가뜩이나 설운 맘이
떠나지 못할 운(運)에 떠난 것도 같아서
생각하면 눈물이 수르르 흘러납니다.

A White Note 1861

수풀 아래 작은 샘

김영랑

수풀 아래 작은 샘
언제나 흰구름 떠가는 높은 하늘만 내어다보는
수풀 속의 맑은 샘
넓은 하늘의 수만 별을 그대로 총총 가슴에 박은 작은 샘
두레박이 쏟아져 동이 갓을 깨지는 찬란한 떼별의 흩는 소리
얽혀져 잠긴 구슬손결이
웬 별나라 휘 흔들어버리어도 맑은 샘
해도 저물녘 그대 종종걸음 휜 듯 다녀갈 뿐 샘은 외로와도
그 밤 또 그대 날과 샘과 셋이 도른도른
무슨 그리 향그런 이야기 날을 새웠나
샘은 애끈한 젊은 꿈 이제도 그저 지녔으리
이 밤 내 혼자 내려가 볼꺼나 내려가 볼꺼나

Nocturne Grey and Silver 1873–1875

비 갠 아침

밤이 새도록 퍼붓던 그 비도 그치고
동편 하늘이 이제야 불그레하다
기다리는 듯 고요한 이 땅 위로
해는 점잖게 돋아 오른다.

눈부시는 이 땅
아름다운 이 땅
내야 세상이 너무도 밝고 깨끗해서
발을 내밀기에 황송만 하다.

해는 모든 것에서 젖을 주었나 보다.
동무여, 보아라,
우리의 앞뒤로 있는 모든 것이
햇살의 가닥 — 가닥을 잡고 빨지 않느냐.

이런 기쁨이 또 있으랴.
이런 좋은 일이 또 있으랴.
이 땅은 사랑 뭉텅이 같구나.
아, 오늘의 우리 목숨은 복스러워도 보인다.

Chelsea Shops 1885

Southend Pier 1883–1884

Variations in Flesh Colour and Green – The Balcony 1864–1879

할아버지

정지용

할아버지가
담배ㅅ대를 물고
들에 나가시니,
궂은 날도
곱게 개이고,

할아버지가
도롱이를 입고
들에 나가시니,
가믄 날도
비가 오시네.

Man Smoking a Pipe 1859

사과

윤동주

붉은 사과 한 개를
아버지, 어머니
누나, 나, 넷이서
껍질채로 송치까지
다 ─ 논아먹엇소.

Note in Opal the Sands Dieppe 1885

밤에 오는 비

十
六
日

추억의 덩굴에 눈물의 쓰린 비
피었던 금잔화는 시들어 버린다

처마 끝 떨어지는 어둠의 여름비
소리도 애처로워 가슴은 쓰린다

옛날은 어둠인가 멀어졌건만
한 일은 빗소린가 머리에 들린다

뒤숭한 이 밤을 새우지 못하는
젊은이 가슴 깊이 옛날을 그린다

Nocturne: Black and Red—Back Canal, Holland 1883

탁발 그릇에
내일 먹을 쌀 있다
저녁 바람 시원하고

鉄鉢に明日の米あり夕涼み

다이구 료칸

Bathing Posts 1893

The Yellow Room 1883-1884

Alice Butt 1895

맑은 물

숲 사이로 흐르는 맑은 물들은
함께 서로 손잡고 흘러나리네
서늘스런 그 자태 어디서 왔나
구름 나라 선물로 이 땅에 왔네

졸졸졸졸 흐르는 맑은 물들은
이 땅 우의 거울이 되어 있어요
구름 얼굴 하늘을 아듬어 있고
저녁 별님 반짝을 감추고 있네

숲 사이에서 흐르는 맑은 물들아
너희들의 앞길이 어드메느냐
동쪽 나라 바다로 길을 걷느냐
아침 해님 모시려 흘러가느냐

졸졸졸졸 흐르는 맑은 물에게
어린 솜씨 만들은 대배를 뛰네
어머니가 그곳서 이 배를 타고
오도록만 비옵네 풀피리 부네

Study for Mouth of the River 1877

반달과 소녀(少女)

한용운

옛 버들의 새 가지에
흔들려 비치는 부서진 빛은
구름 사이의 반달이었다.

뜰에서 놀든 어엽분 소녀(少女)는
「저게 내 빗(梳)이여」 하고 소리쳤다.
발꿈치를 제겨드듸고
고사리 같은 손을 힘 있게 들어
반달을 따려고 강장강장 뛰었다.

따려다 따지 못하고
눈을 할낏 흘기며 손을 놀렸다.
무릇각시의 머리를 씨다듬으며
「자장자장」하더라.

Harmony in Yellow and Gold: The Gold Girl–Connie Gilchrist 1876–1877

하일소경(夏日小景)

이장희

운모(雲母)같이 빛나는 서늘한 테이블.
부드러운 얼음, 설탕, 우유(牛乳).
피보다 무르녹은 딸기를 담은 유리잔(琉璃盞).
얇은 옷을 입은 저윽히 고달픈 새악시는
기름한 속눈썹을 깔아메치며
가냘픈 손에 들은 은(銀)사시로
유리잔(琉璃盞)의 살찐 딸기를 부수노라면
담홍색(淡紅色)의 청량제(淸涼劑)가 꽃물같이 흔들린다.
은(銀)사시에 옮기인 꽃물은
새악시의 고요한 입술을 앵도보다 곱게도 물들인다.
새악시는 달콤한 꿈을 마시는 듯
그 얼굴은 푸른 잎사귀같이 빛나고
콧마루의 수은(水銀) 같은 땀은 벌써 사라졌다.
그것은 밝은 하늘을 비추어 작은 못 가운데서
거울같이 피어난 연(蓮)꽃의 이슬을
헤엄치는 백조(白鳥)가 삼키는 듯하다.

二十日

Pink Note: The Novelette 1884

창문

장정심

때는 여름 찌는 듯한 날인데
홀로 심심하게 누워서 책을 읽다
무엇이 푸덕푸덕 하기에 찾아보니
참새 한 마리 열린 창문으로 들어왔소

두론 문은 그대로 열려 있었소
찾지 못하고 이리저리 허덕대기에
인생도 역시 역경에 방황할 때 저렇거니
너무도 가엾어 사방문을 열어 주었소

Pink Note: Shelling Peas 1883–1884

누군가 오려나
달빛에 이끌려서
생각하다 보니
어느 틈에 벌써
날이 새고 말았네

二十二日

誰来なん月の光にさそはれてと
思ふに夜半の明けぬなるかな

사이교

Valparaiso Harbor 1866

별바다의 기억(記憶)

윤곤강

마음의 광야(曠野) 위에
푸른 눈동자를 가진 밤이 찾아들면

후줄근히 지친 넋은
병든 소녀처럼 흐느껴 울고

울어도 울어도
풀어질 줄 모르는 무거운 슬픔이
안개처럼 안개처럼
내 침실의 창기슭에 어리면

마음의 허공에는
고독의 검은 구름이
만조처럼 밀려들고

— 이런 때면 언제나
별바다의 기억이
제비처럼 날아든다

내려다보면
수없는 별떼가
무논 위에 금가루를 뿌려 놓고

건너다 보면
어둠 속을 이무기처럼
불 켠 밤차가 도망질치고

쳐다보면
붉은 편주처럼 쪽달이
둥실 하늘바다에 떠 있고

우리들은
나무 그림자 길게 누운 논뚝 위에서
퇴색(退色)한 마음을 주홍빛으로 염색(染色)하고
오고야 말 그 세계의 꽃송이 같은 비밀을
비둘기처럼 이야기했더니라

Nocturne: Blue and gold – Old Battersea bridge 1875

Note in Red, The Siesta 1875

잠자리

윤곤강

능금처럼 볼이 붉은 어린애였다
울타리에서 잡은 잠자리를
잿불에 끄슬려 먹던 시절은

그때 나는 동무가 싫었다
그때 나는 혼자서만 놀았다

이웃집 순이와 짚누리에서
동생처럼 볼을 비비며 놀고 싶었다

그때부터 나는 부끄럼을 배웠다
그때부터 나는 잠자리를 먹지 않았다

Harmony in Grey and Green: Miss Cicely Alexander 1873

외갓집

윤곤강

엄마에게 손목 잡혀
꿈에 본 외갓집 가던 날
기인 기인 여름해 허둥 지둥 저물어
가도 가도 산과 길과 물뿐……

별떼 총총 못물에 잠기고
덩굴 속 반딧불 흩날려
여호 우는 숲 저 쪽에
흰 달 눈썹을 그릴 무렵

박넝쿨 덮인 초가 마당엔
집보다 더 큰 호두나무 서고
날 보고 웃는 할아버지 얼굴은
시들은 귤처럼 주름졌다

二十五日

Green and Silver– Beaulieu, Touraine 1888

Study In Black And Gold 1883-1884

Symphony in White, No. 1 – The White Girl 1862

얼마나 운이 좋은가
올해에도 모기에 물리다니

目出度さは今年のに蚊にも食われたり

고바야시 잇사

Nocturne: Blue and Silver–Chelsea 1871

바다 1

오·오·오·오·오· 소리치며 달려 가니
오·오·오·오·오· 연달어서 몰아 온다.

간 밤에 잠살포시
머언 뇌성이 울더니,

오늘 아침 바다는
포도빛으로 부풀어젓다.

철석, 처얼석, 철석, 처얼석, 철석,
제비 날어들 듯 물결 새이새이로 춤을 추어.

Wapping 1860–1864

물결

노자영

물결이 바위에
부딪치면은
새하얀 구슬이
떠오릅디다.

이 맘이 고민에
부딪치면은
시커먼 눈물만
솟아납디다.

물결의 구슬은
해를 타고서
무지개 나라에
흘러가지요……

그러나 이 마음의 눈물은
해도 없어서
설거푼 가슴만
썩이는구려.

Green and Silver: The Bright Sea, Dieppe 1883–1885

Symphony in Grey and Green: The Ocean 1866–1872

Coast of Brittany(Alone with The Tide) 1861

하답(夏畓)

백석

二十九日

짝새가 발뿌리에서 닐은 논드렁에서 아이들은
개구리의 뒷다리를 구워먹었다

게구멍을 쑤시다 물쿤하고 배암을 잡은 늪의
피 같은 물이끼에 햇볕이 따그웠다

돌다리에 앉어 날버들치를 먹고 몸을 말리는
아이들은 물총새가 되었다

Violet and Blue: The Little Bathers 1888

선우사(膳友辭) - 함주시초(咸州詩抄) 4

백석

낡은 나조반에 흰밥도 가재미도 나도 나와 앉어서
쓸쓸한 저녁을 맞는다

흰밥과 가재미와 나는
우리들은 그 무슨 이야기라도 다 할 것 같다
우리들은 서로 미덥고 정답고 그리고 서로 좋구나

우리들은 맑은 물밑 해정한 모래톱에서 하구 긴
날을 모래알만 헤이며 잔뼈가 굵은 탓이다
바람 좋은 한벌판에서 물닭이 소리를 들으며
단이슬 먹고 나이 들은 탓이다
외따른 산골에서 소리개 소리 배우며 다람쥐
동무하고 자라난 탓이다

우리들은 모두 욕심이 없어 희여졌다
착하디착해서 세괏은 가시 하나 손아귀 하나 없다
너무나 정갈해서 이렇게 파리했다

우리들은 가난해도 서럽지 않다
우리들은 외로워할 까닭도 없다
그리고 누구 하나 부럽지도 않다

흰밥과 가재미와 나는
우리들이 같이 있으면
세상 같은 건 밖에 나도 좋을 것 같다

Nocturne: Blue and Gold –Southampton Water 1872

Harmony in Blue and Silver: Trouville 1865

햇비

아씨처럼 나린다
보슬보슬 해ㅅ비
맞아주자 다 같이
— 옥수숫대처럼 크게
— 닷자엿자 자라게
— 햇님이 웃는다
— 나보고 웃는다.

하늘다리 놓였다
알롱알롱 무지개
노래하자 즐겁게
— 동무들아 이리 오나
— 다 같이 춤을 추자
— 햇님이 웃는다
— 즐거워 웃는다.

三十一日

Colour Scheme for the Dining–Room of Aubrey House 1873

Arrangement in Grey and Black No.1, Portrait of the Artist's Mother 1871

Symphony in White, No. 2 The Little White Girl 1864

팔월 보름은
아! 한가윗날이건마는
님을 모시고 지내야만
오늘이 뜻있는 한가윗날입니다.

_고려가요 '동동' 중 八月

八月.
그리고 지중지중 물가를 거닐면

화가 앙리 마티스

시인 윤동주
    백석
    정지용
    김영랑
    이장희
    윤곤강
    한용운
    권환
    노자영
    변영로
    박용철
    마쓰오 바쇼
    요사 부손
    모리카와 교리쿠

앙리 마티스 Henri Émile-Benoit Matisse

1869~1954. 프랑스의 화가. 파블로 피카소와 함께 '20 세기 최대의 화가'로 꼽힌다. 1900년경에 야수주의 운동의 지도자였던 마티스는 평생 동안 색채의 표현력을 탐구했다. 십대 후반에 한 변호사의 조수로 일했던 마티스는 드로잉 수업을 듣기 시작했다. 몇 년 후 맹장염 수술을 받은 그는 오랜 회복기 동안 그림에 대한 열정이 눈을 떠, 본격적으로 그림을 그리기 시작했다. 1891년 마티스는 법률 공부를 포기하고 회화를 공부하기 위해 파리로 갔다. 스물두 살에 파리로 나가 그림 공부를 하고, 1893년 파리 국립 미술 학교에 들어가 구스타프 모로에게서 배웠다. 1904년 무렵에 전부터 친분이 있는 피카소 · 드랭 · 블라맹크 등과 함께 20세기 최초의 혁신적 회화 운동인 야수파 운동에 참가하여, 그 중심인물로 활약했다.

많은 수의 정물화와 풍경화들을 포함한 그의 초기 작품들은 어두운 색조를 띠었다. 그러나 브르타뉴에서 여름휴가를 보낸 후, 변화가 시작되었고, 생생한 색의 천을 둘러싼 사람들의 모습, 자연광의 색조 등을 표현하며 활력 넘치는 그림을 그렸다. 인상주의에 강한 인상을 받은 마티스는 다양한 회화 양식과 빛의 기법

들을 실험했다. 에두아르 마네, 폴 세잔, 조르주 피에르 쇠라, 폴 시냐크의 작품을 오랫동안 경외해왔던 그는 1905년에 앙드레 드랭을 알게 되어 친구가 되었다.

드랭과 마티스과 처음으로 공동 전시회를 열었을 때, 미술 비평가들은 이 작품들을 조롱하듯 '레 포브(Les Fauves, 야수라는 뜻)'라고 불렀다. 작품의 원시주의를 비하한 것이다. 전시관람객들은 '야만적인' 색채 사용에 놀랐고, 그림 주제도 '야만적'이라고 비난했다. 이렇게 해서 이 화가들은 '야수들'이라는 별명을 얻게 되었다. 그러나 미술가들의 명성이 높아지고, 그림도 호평을 받고 찾는 사람들도 많아짐에 따라, '야수파'가 하나의 미술 운동이 되었다.

제1차세계대전 후에는 주로 니스에 머무르면서, 모로코 · 타히티 섬을 여행하였다. 타히티 섬에서는 재혼을 하여 약 7년 동안 거주하였다. 만년에는 색도 형체도 단순화되었으며, 밝고 순수한 빛과 명쾌한 선에 의하여 훌륭하게 구성된 평면적인 화면은 '세기의 경이'라고까지 평가되고 있다. 제2차세계대전 후에 시작하여 1951년에 완성한 반(Vannes) 예배당의 장식은 세계 화단의 새로운 기념물이다. 대표작으로 〈춤〉〈젊은 선원〉 등이 있다.색의 조화, 1번-화가의 어머니〉〈검정과 금빛 야상곡〉〈녹턴 파란색과 은색-첼시〉 등이 있다.

Blue Nude II 1952

Icarus 1944

바다

백석

바닷가에 왔드니
바다와 같이 당신이 생각만 나는구려
바다와 같이 당신을 사랑하고만 싶구려

구붓하고 모래톱을 오르면
당신이 앞선 것만 같구려
당신이 뒤선 것만 같구려

그리고 지중지중 물가를 거닐면
당신이 이야기를 하는 것만 같구려
당신이 이야기를 끊는 것만 같구려

바닷가는
개지꽃에 개지 아니 나오고
고기비눌에 하이얀 햇볕만 쇠리쇠리하야
어쩐지 쓸쓸만 하구려 섧기만 하구려

Women on the Beach, Etrétat 1920

바다

윤동주

실어다 뿌리는
바람조차 시원타.

솔나무 가지마다 새침히
고개를 돌리어 뻐들어지고,

밀치고
밀치운다.

이랑을 넘는 물결은
폭포처럼 피어오른다.

해변에 아이들이 모인다.
찰찰 손을 씻고 구보로.

바다는 자꾸 섧어진다,
갈매기의 노래에……

돌아다보고 돌아다보고
돌아가는 오늘의 바다여!

Aht Amont Cliffs at Etrétat 1920

여름 냇물을 건너는 기쁨이여,
손에는 짚신

夏川をこすうれしさよ手に草履

요사 부손

A Glimpse of Notre Dame in the Late Afternoon 1902

창공(蒼空)

그 여름날
열정(熱情)의 포푸라는
오려는 창공(蒼空)의 푸른 젖가슴을
어루만지려
팔을 펼쳐 흔들거렸다.
끓는 태양(太陽)그늘 좁다란 지점(地點)에서.

천막(天幕) 같은 하늘밑에서
떠들던 소나기
그리고 번개를,

춤추던 구름은 이끌고
남방(南方)으로 도망하고,
높다랗게 창공(蒼空)은 한폭으로
가지 위에 퍼지고
둥근달과 기러기를 불러왔다.

푸드른 어린 마음이 이상(理想)에 타고,
그의 동경(憧憬)의 날 가을에
조락(凋落)의 눈물을 비웃다.

Swiss Landscape (also known as The Road to chézières à Villars) 1901

둘 다

윤동주

바다도 푸르고
하늘도 푸르고

바다도 끝없고
하늘도 끝없고

바다에 돌던지고
하늘에 침 뱉고

바다는 벙글
하늘은 잠잠

五
日

The Open Window 1918

The Bay of Nice 1918

Landscape viewed from a Window 1913

산촌(山村)의 여름 저녁

한용운

산 그림자는 집과 집을 덮고
풀밭에는 이슬 기운이 난다
질동이를 이고 물긷는 처녀는
걸음걸음 넘치는 물에 귀밑을 적신다.

올감자를 캐여 지고 오는 사람은
서쪽 하늘을 자주 보면서 바쁜 걸음을 친다.
살진 풀에 배부른 송아지는
게을리 누워서 일어나지 않는다.

등거리만 입은 아이들은
서로 다투어 나무를 안아 들인다.

하나씩 둘씩 돌아가는 가마귀는 어데로 가는지 알 수가 없다.

六日

Still Life with Dance 1909

The Green Line 1905

Crockery on a Table 1900

소낙비

윤동주

번개, 뇌성, 왁자지근 뚜다려
머-ㄴ 도회지에 낙뢰가 있어만 싶다.

벼루짱 엎어논 하늘로
살 같은 비가 살처럼 쏟아진다.

손바닥만한 나의 정원이
마음같이 흐린 호수되기 일쑤다.

바람이 팽이처럼 돈다.
나무가 머리를 이루 잡지 못한다.

내 경건(敬虔)한 마음을 모셔드려
노아 때 하늘을 한모금 마시다.

Trivaux Pond 1917

여름밤

노자영

八
日

울타리에 매달린 호박꽃 등롱(燈籠) 속
거기는 밤에 춤추는 반디불 향연(饗宴)!
숲속의 미풍조차 은방울 흔들 듯
숨소리 곱다.

별! 앵록초같이 파란 결이
칠흑빛 하늘 위를 호올로 거니나니
은하수 흰 물가는 별들의 밀회장이리!

View of Notre Dame 1902

고추밭

윤동주

시들은 잎새 속에서
고 빠알간 살을 드러내 놓고,
고추는 방년(芳年)된 아가씬 양
땡볕에 자꾸 익어 간다.

할머니는 바구니를 들고
밭머리에서 어정거리고
손가락 너어는 아이는
할머니 뒤만 따른다.

Basket with Oranges 1913

The Music(La Musique) 1939

The Cat with Red Fish 1914

바다 2

정지용

한 백년 진흙 속에
숨었다 나온 듯이,

게처럼 옆으로
기여가 보노니,

머언 푸른 하늘 알로
가이 없는 모래 밭.

Seated Woman, Back Turned to the Open Window 1922

화경(火鏡)

권환

별들은 푸른 눈을 번쩍 떴다
심장을 쿡쿡 찌를 듯
새까만 하늘을 이쪽저쪽 베는
흰 칼날에 깜짝 놀랜 것이다

무한한 대공(大空)에
유구한 춤을 추는
달고 단 꿈을 깬 것이다

별들은 낭만주의를 포기 안 할 수 없었다

Dance(II) 1910

The Romanian Blouse 1940

Red Studio 1911

어느 날

변영로

어느 찌는 듯 더웁던 날 그대와 나 함께
손목 맞잡고 책이나 한 장 읽을까
수림 속 깊이 찾아 들어갔더니

틈 잘타는 햇발 나뭇잎을 새이어
앉을 곳을 쪽발벌레 등같이
아롱아롱 흔들리는 무늬 놓아

그대의 마음 내마음 함께 아롱거려
열없어 보러던 책 보지도 못하고
뱀몸 같은 나무에 기대 있었지.

Nude in a Wood 1906

서늘하게 누워서 벽을 밟고 낮잠을 잘까

ひやひやと壁をふまへて昼寝(ひるね)かな

마쓰오 바쇼

The Dream 1940

해바라기 얼굴

윤동주

十
四
日

누나의 얼굴은
— 해바라기 얼굴
해가 금방 뜨자
— 일터에 간다.

해바라기 얼굴은
— 누나의 얼굴
얼굴이 숙어들어
— 집으로 온다.

Arcueil 1899

Algerian Woman 1909

Harmony in Red(The Red Room) 1908

소나기

윤곤강

바람은 희한한 재주를 가졌다

말처럼 네 굽을 놓아
검정 구름을 몰고와서
숲과 언덕과 길과 지붕을 덮씌우면
금방 빗방울이 뚝 뚝……
소내기 댓줄기로 퍼부어

하늘 칼질한 듯 갈라지고
번개 번쩍! 천둥 우르르르……
얄푸른 번개불 속에
실개울이 뱅어처럼 빛난다

사람은 얼이 빠져 말이 없고
그림자란 그림자 죄다아 스러진다

The Bay of Tangier 1912

바다로 가자

김영랑

바다로 가자 큰 바다로 가자
우리 인제 큰 하늘과 넓은 바다를 마음대로 가졌노라
하늘이 바다요 바다가 하늘이라
바다 하늘 모두 다 가졌노라
옳다 그리하여 가슴이 뻐근치야
우리 모두 다 가자구나 큰 바다로 가자구나

우리는 바다 없이 살았지야 숨 막히고 살았지야
그리하여 쪼여들고 울고불고 하였지야
바다 없는 항구 속에 사로잡힌 몸은
살이 터져나고 뼈 퉁겨나고 넋이 흩어지고
하마터면 아주 거꾸러져 버릴 것을
오! 바다가 터지도다 큰 바다가 터지도다

쪽배 타면 제주야 가고오고
독목선(獨木船) 왜섬이사 갔다왔지
허나 그게 바달러냐
건너 뛰는 실개천이라
우리 3년 걸려도 큰 배를 짓잤구나
큰 바다 넓은 하늘을 우리는 가졌노라

十六日

우리 큰 배 타고 떠나가자구나
창랑을 헤치고 태풍을 걷어차고
하늘과 맞닿은 저 수평선 뚫으리라
큰 호통하고 떠나가자구나
바다 없는 항구에 사로잡힌 마음들아
툭 털고 일어서자 바다가 네 집이라

우리들 사슬 벗은 넋이로다 풀어놓인 겨레로다
가슴엔 잔뜩 별을 안으렴아
손에 잡히는 엄마별 아기별
머리 위엔 그득 보배를 이고 오렴
발 아래 쫙 깔린 산호요 진주라
바다로 가자 우리 큰 바다로 가자

The Blue Window 1913

Ropes on the Beach at Etretat 1920

조개껍질

십
七
日

아롱아롱 조개껍데기
울 언니 바닷가에서
주어온 조개껍데기

여긴여긴 북쪽나라요
조개는 귀여운 선물
장난감 조개껍데기

데굴데굴 굴리며 놀다
짝 잃은 조개껍데기
한짝을 그리워하네

아롱아롱 조개껍데기
나처럼 그리워하네
물소리 바닷물소리.

Woman Holding Umbrella 1919

비ㅅ뒤

「어 — 얼마나 반가운 비냐」
할아바지의 즐거움.

가믈들엇든 곡식 자라는 소리
할아바지 담바 빠는 소리와 같다.

비ㅅ뒤의 해ㅅ살은
풀닢에 아름답기도 하다.

Olive Trees 1898

Corner of the Artist's Studio 1912

The Goldfish 1912

아지랑이

윤곤강

머언 들에서
부르는 소리
들리는 듯

못 견디게 고운 아지랑이 속으로
달려도
달려가도
소리의 임자는 없고,

또다시
나를 부르는 소리,
머얼리서
더 머얼리서,
들릴 듯 들리는 듯…….

Open Door, Brittany 1896

봉선화

아무것도 없던 우리집 뜰에
언제 누가 심었는지 봉선화가 피었네.
밝은 봉선화는
이 어두컴컴한 집의 정다운 등불이다.

The Little Gate of the Old Mill 1898

들에서

이장희

먼 숲 위를 밟으며
빗발은 지나갔도다

고운 햇빛은 내리부어
풀잎에 물방울 사랑스럽고
종달새 구슬을 굴리듯 노래 불러라

들과 하늘은 서로 비추어
푸린 빛이 바다를 이루었나니
이 속에 숨쉬는 모든 것의 기쁨이여

홀로 밭길을 거니매
맘은 개구리같이 젖어 버리다

Montalban, Landscape 1918

수박의 노래

윤곤강

나는 밭고랑에 누운 한 개 수박이라오

아이들이 차다 버린 듯 뽈처럼
멋없이 뚱그런 내 모습이기에
푸른 잎 그늘에 반듯이 누워
끓는 해와 흰 구름 우러러 산다오

이렇게 잔잔히 누워 있어도
마음은 선지피처럼 붉게 타
돌보는 이 없는 설움을 안고
아침이나 낮이나 저녁이나 슬프기만 하다오

여보! 제발 좀 나를 안아 주세요
웃는 얼굴 따스한 가슴으로
아니, 아니, 보드라운 두 손길로
이 몸을 고이고이 쓰다듬어 주세요

나는 밭고랑에 누운 한 개 수박이라오

Woman Before a Fish Bowl 1922

Woman in a Purple Coat 1937

The Lute 1943

빗자루

윤동주

요오리 조리 베면 저고리 되고
이이렇게 베면 큰 총 되지.
— 누나하고 나하고
— 가위로 종이 쏠았더니
— 어머니가 빗자루 들고
— 누나 하나 나 하나
— 엉덩이를 때렸소
— 방바닥이 어지럽다고
— 아아니 아니
— 고놈의 빗자루가
— 방바닥 쓸기 싫으니
— 그랬지 그랬어
괘씸하여 벽장 속에 감췄드니
이튿날 아침 빗자루가 없다고
어머니가 야단이지요.

The Pink Studio 1911

저녁노을

윤곤강

하늬바람 속에
수수잎이 서걱인다
목화밭을 지나
왕대숲을 지나
언덕 우에 서면

머언 메 위에
비눌구름 일고
새소리도 스러지고
짐승의 자취도 그친 들에
노을이 호올로 선다

Notre Dame 1904

산들바람,
벼가 푸릇푸릇 자란 논,
그 위에 구름 그림자.

涼風(すずかぜ)や靑田(あおた)の上の雲の影(かげ)

모리카와 교리쿠

The Stream near Nice 1919

Woman with a Hat 1905

Odalisque 1920–1921

바다에서

윤곤강

해 서쪽으로 기울면
일곱 가지 빛깔로 비늘진 구름이
혼란한 저녁을 꾸미고
밤이 밀물처럼 몰려들면
무딘 내 가슴의 벽에
철썩! 부딪쳐 깨어지는 물결…
짙어오는 안개 바다를 덮으면
으레 붉은 혓바닥을 저어 등대는
자꾸 날 오라고 오라고 부른다
이슬 밤을 타고 내리는 바위 기슭에
시름은 갈매기처럼 우짖어도
나의 곁엔 한 송이 꽃도 없어…

Boats on the beach, Etrétat 1920

나의 밤

윤곤강

가라앉은 밤의 숨결 그 속에서
나는 연방 수없는 밤을 끌어올린다
문을 지치면 바깥을 지나는
바람의 긴 발자취…

달이 창으로 푸르게 배어들면
대낮처럼 밝은 밤이 켜진다
달빛을 쏘이며 나는 사과를 먹는다
연한 생선의 냄새가 난다…

밤의 층층다리를 수없이 기어 올라가면
밟고 지난 층층다리는 뒤로 무너져 넘어간다
발자국을 죽이면 다시 만나는 시름의 불길
— 나의 슬픔은 박쥐마냥 검은 천정에 떠돈다

Interior with a Bowl with Red Fish 1914

파초에 태풍 불고
대야의 빗방울 소리 듣는 밤이로구나

芭蕉野分(のわき)して盥(たらい)に雨を聞く夜(よ)かな

마쓰오 바쇼

Woman at the Fountain 1917

Interior with a Violin Case 1919

Woman with Umbrella 1920

물 보면 흐르고

물 보면 흐르고
별 보면 또렷한
마음이 어이면 늙으뇨

흰날에 한숨만
끝없이 떠돌던
시절이 가엾고 멀어라

안스런 눈물에 안껴
흩은 잎 쌓인 곳에 빗방울 드듯
느낌은 후줄근히 흘러들어가건만

그 밤을 훌히 앉으면
무심코 야윈 볼도 만져 보느니
시들고 못 피인 꽃 어서 떨어지거라

Open Window at Collioure 1910

여름밤 공원에서

풀은 자라
머리털같이 자라 향기롭고,
나뭇잎에, 나뭇잎에
등불은 기름같이 흘러 있소.

분수(噴水)는 이끼 돋은
돌 위에 빛납니다.
저기, 푸른 안개 너머로
벤취에 쓰러진 사람은 누구입니까.

Nasturtiums with "The Dance (II)" 1912

어디로

박용철

내 마음은 어디로 가야 옳으리까
쉬임 없이 궂은비는 나려오고
지나간 날 괴로움의 쓰린 기억
내게 어둔 구름되어 덮히는데.

바라지 않으리라든 새론 희망
생각지 않으리라든 그대 생각
번개같이 어둠을 깨친다마는
그대는 닿을 길 없이 높은 데 계시오니

아— 내 마음은 어디로 가야 옳으리까.

Copse of the Banks of the Garonne 1900

Pascal's Pensees 1924

Portrait of Woman 1919

구월 구일에
아! 약이라 먹는 노란 국화꽃이
집 안에 피니 초가집이 고요하구나.

_고려가요 '동동' 중 九月

九月.
오늘도 가을바람은 그냥 붑니다

화가 카미유 피사로

시인 윤동주
      백석
      정지용
      김소월
      김영랑
      이장희
      박용철
      이병각
      강경애
      고석규
      장정심
      김명순
      허민
      라이너 마리아 릴케
      프랑시스 잠
      이즈미 시키부
      오시마 료타
      다카라이 기카쿠

카미유 피사로 Camille Pissarro

1830~1903. 서인도제도의 세인트토머스 섬 출생. 1855년 화가를 지망하여 파리로 나왔으며, 같은 해 만국박람회의 미술전에서 코로의 작품에 감명받아 그로부터 풍경화에 전념하였다. 1860년대 후반부터, 피사로는 인상주의 화가들 사이에서 중요한 인물이 되었다. 그는 주로 인상주의 화가들의 작품 전시에 도움을 주었으며, 폴 세잔과 폴 고갱에게 큰 영향을 미쳤는데, 이 두 화가는 활동 말기에 피사로가 그들의 '스승'이었다고 고백했다. 한편, 피사로는 조르주 쇠라와 폴 시냐크의 점묘법 같은 다른 화가들의 아이디어에서도 영감을 얻었다. 또한 장 프랑수아 밀레와 오노레 도미에의 작품에 매우 감탄했다. 1870년에서 1871년까지 치러진 프랑스와 프로이센 사이의 전쟁을 피해, 파리 북서쪽 교외에 정주하면서 질박(質朴)한 전원풍경을 연작하기 시작했으며, 1874년에 시작된 인상파그룹전(展)에 참가한 이래 매회 계속하여 출품함으로써 인상파의 최연장자가 되었다. 말년에 이르러 피사로는 인상주의 화가들이 명성을 얻게 되는 것을 목격했고, 후기 인상주의 화가들은 피사로를 숭배했다. 1870년대에 피사로는 클로드 모네, 피에르 오귀스트 르누아르, 알프레드 시슬레와 함께 작업하기도 했다. 눈병으로 야

외에서 그림을 그릴 수 없게 되었을 때는 파리에서 창밖으로 보이는 풍경들을 그렸다.

주요 작품으로 〈붉은 지붕〉(1877, 루브르미술관 소장) 〈사과를 줍는 여인들〉(1891) 〈몽마르트르의 거리〉(1897) 〈테아트르 프랑세즈 광장〉(1898) 〈브뤼헤이 다리〉(1903) 〈자화상〉(1903) 등이 있다.

The Fish Market, Dieppe: Grey Weather, Morning 1902

Orchard in Bloom 1872

소년

윤동주

여기저기서 단풍잎 같은 슬픈 가을이 뚝뚝 떨어진다. 단풍잎 떨어져 나온 자리마다 봄을 마련해 놓고 나뭇가지 위에 하늘이 펼쳐 있다. 가만히 하늘을 들여다보려면 눈썹에 파란 물감이 든다. 두 손으로 따뜻한 볼을 쓸어보면 손바닥에도 파란 물감이 묻어난다. 다시 손바닥을 들여다본다. 손금에는 맑은 강물이 흐르고, 맑은 강물이 흐르고, 강물 속에는 사랑처럼 슬픈 얼굴—아름다운 순이의 얼굴이 어린다. 소년은 황홀히 눈을 감아 본다. 그래도 맑은 강물은 흘러 사랑처럼 슬픈 얼굴—아름다운 순이의 얼굴은 어린다.

Route de Versailles, Rocquencourt 1871

코스모스

청초(淸楚)한 코스모스는
오직 하나인 나의 아가씨,

달빛이 싸늘히 추운 밤이면
옛 소녀(少女)가 못 견디게 그리워
코스모스 핀 정원(庭園)으로 찾아간다.

코스모스는
귀또리 울음에도 수줍어지고,

코스모스 앞에선 나는
어렸을 적처럼 부끄러워지나니,

내 마음은 코스모스의 마음이오
코스모스의 마음은 내 마음이다.

A Corner of the Garden at the Hermitage, Pontoise 1877

가을날

라이너 마리아 릴케

주여, 때가 왔습니다. 여름은 참으로 위대했습니다.
당신의 그림자를 태양 시계 위에 던져 주시고,
들판에 바람을 풀어놓아 주소서.

마지막 열매들이 탐스럽게 무르익도록 명해 주시고,
그들에게 이틀만 더 남국의 나날을 베풀어 주소서,
열매들이 무르익도록 재촉해 주시고,
무거운 포도송이에 마지막 감미로움이 깃들이게 해주소서.

지금 집 없는 사람은, 이제 집을 지을 수 없습니다.
지금 홀로 있는 사람은 오래오래 그러할 것입니다.
깨어서, 책을 읽고, 길고 긴 편지를 쓰고,
나뭇잎이 굴러갈 때면, 불안스레
가로수길을 이리저리 소요할 것입니다.

Sunset at Eragny 1890

Herbsttag

Rainer Maria Rilke

Herr, es ist Zeit. Der Sommer war sehr groß.
Leg deinen Schatten auf die Sonnenuhren,
und auf den Fluren lass die Winde los.

Befiehl den letzten Früchten, voll zu sein;
gib ihnen noch zwei südlichere Tage,
dränge sie zur Vollendung hin, und jage
die letzte Süße in den schweren Wein.

Wer jetzt kein Haus hat, baut sich keines mehr.
Wer jetzt allein ist, wird es lange bleiben,
wird wachen, lesen, lange Briefe schreiben
und wird in den Alleen hin und her
unruhig wandern, wenn die Blätter treiben.

Pommiers et faneuses, Eragny 1895

그 여자(女子)

윤동주

함께 핀 꽃에 처음 익은 능금은
먼저 떨어졌습니다.

오늘도 가을바람은 그냥 붑니다.

길가에 떨어진 붉은 능금은
지나는 손님이 집어 갔습니다.

The Bather 1895

Bouquet Of Pink Peonies 1873

Still Life Apples And Pears In A Round Basket 1872

오늘 문득

강경애

五
日

가을이 오면은
내 고향 그리워
이 마음 단풍같이
빨개집니다.

오늘 문득 일어나는 생각에 이런 노래를 적어보았지요.

Two Women Chatting by the Sea, St. Thomas 1856

그네

六
日

높다란 저 나뭇가지에
굵다란 밧줄을 느려매고
서늘한 그늘 잔디 우에서
새와 같이 가벼웁게 난다

앞으로 올제 앞까지 차고
뒤로 지나갈제 뒷까지 차니
비단치마 바람에 날리는 소리
시원하고 부드럽게 휘 ― 휘 ―

나실 나실하는 머리카락
살랑 설렁하는 옷고름 옷자락
해슬 헤슬하는 치마폭자락
하늘 하늘하게 날쌘 몸을 날린다

늘었다 줄었다
머질 줄 모르고 잘도 난다
꽃들은 웃고 새들은 노래하니
추천하는 저 광경이 쾌락도하다

Entrance to the Village of Voisins, Yvelines 1872

창(窓)

윤동주

쉬는 시간(時間)마다
나는 창(窓)녘으로 갑니다.

─창(窓)은 산 가르침.

이글이글 불을 피워주소,
이 방에 찬 것이 서립니다.

단풍잎 하나
맴도나 보니
아마도 자그마한 선풍(旋風)이 인 게외다.

그래도 싸느란 유리창에
햇살이 쨍쨍한 무렵,
상학종(上學鐘)이 울어만 싶습니다.

The Pont-Neuf 1902

비둘기

윤동주

안아보고 싶게 귀여운
산비둘기 일곱 마리
하늘 끝까지 보일 듯이 맑은 주일날 아침에
벼를 거두어 빽빽한 논에서
앞을 다투어 요를 주으며
어려운 이야기를 주고 받으오.

날씬한 두 나래로 조용한 공기를 흔들어
두 마리가 나오.
집에 새끼 생각이 나는 모양이오.

The Garden of the Tuileries on a Spring Morning 1899

마음의 추락

九
日

천길 벼랑 끝에 사십도 넘어 기울은 몸
하는 수 없이 나는 거꾸러져 떨어진다
사랑아 너의 날개에 나를 업어 날아올라라.

막아섰던 높은 수문 갑자기 자취 없고
백척수(면) 차[百尺水(面) 差]를 내 감정은 막 쏟아진다
어느 때 네 정(情)의 수면이 나와 나란할 꺼나.

Sunrise on the Sea 1883

언니 오시는 길에

김명순

언니 오실 때가
두벌 꽃 필 때라기에
빨간 단풍잎을 따서
지나실 길가마다 뿌렸더니
서리 찬 가을바람이 넋 잃고
이리저리 구릅디다

떠났던 마음 돌아오실 때가
물 위의 얼음 녹을 때라기에
애타는 피를 뽑아서
쌓인 눈을 녹였더니
마저 간 겨울바람이 취해서
또 눈보라를 칩디다

언니여 웃지 않으십니까
꽃 같은 마음이 꽃 같은 마음이
이리저리 구르는 대로
피 같은 열성이 오오 피 같은 열성이
이리저리 깔린 대로
이 노래의 반가움이 무거운 것을

Road in a Forest 1859

Apple Picking 1886

The Hay Cart, Montfoucault 1879

고향

백석

나는 북관(北關)에 혼자 앓아 누워서
어느 아침 의원(醫員)을 뵈이었다.
의원은 여래(如來) 같은 상을 하고
관공(關公)의 수염을 드리워서
먼 녯적 어느 나라 신선 같은데
새끼손톱 길게 돋은 손을 내어
묵묵하니 한참 맥을 짚더니
문득 물어 고향(故鄕)이 어데냐 한다.
평안도 정주라는 곳이라 한즉
그러면 아무개 씨 고향이란다.
그러면 아무개 씨 아느냐 한즉
의원은 빙긋이 웃음을 띠고
막역지간(莫逆之間)이라며 수염을 쓴다.
나는 아버지로 섬기는 이라 한즉
의원(醫員)은 또다시 넌지시 웃고
말없이 팔을 잡아 맥을 보는데
손길이 따스하고 부드러워
고향도 아버지도 아버지의 친구도 다 있었다.

Self–portrait 1890

귀뚜라미와 나와

윤동주

귀뚜라미와 나와
잔디밭에서 이야기했다.

귀뜰귀뜰
귀뜰귀뜰

아무에게도 알으켜 주지 말고
우리 둘만 알자고 약속했다.

귀뜰귀뜰
귀뜰귀뜰

귀뚜라미와 나와
달 밝은 밤에 이야기했다.

Girl with a Stick 1881

아무 말 없네
손님도 주인도
흰 국화꽃도

ものいはず客と亭主(あるじ)と白菊(しらぎくと)

오시마 료타

Chrysanthemums In a Chinese Vase 1873

이것은 인간의 위대한 일들이니

프랑시스 잠

이것은 인간의 위대한 일들이니
나무병에 우유를 담는 일,
꼿꼿하고 살갗을 찌르는 밀 이삭들을 따는 일,
신선한 오리나무 옆에서 암소들을 지키는 일,
숲의 자작나무들을 베는 일,
경쾌하게 흘러가는 시내 옆에서 버들가지를 꼬는 일,
어두운 벽난로와, 옴 오른 늙은 고양이와, 잠든 티티새와,
즐겁게 노는 어린 아이들 옆에서
낡은 구두를 수선하는 일,
한밤중 귀뚜라미들이 시끄럽게 울 때
처지는 소리를 내며 베틀을 짜는 일,
빵을 만들고, 포도주를 만드는 일,
정원에 양배추와 마늘을 심는 일,
그리고 따뜻한 달걀을 거두어들이는 일.

Hay Harvest at Éragny 1901

Ce Sont Les Travaux

Francis Jammes

Ce sont les travaux de l'homme qui sont grands:
celui qui met le lait dans les vases de bois,
celui qui cueille les épis de blé piquants et droits,
celui qui garde les vaches près des aulnes frais,
celui qui fait saigner les bouleaux des forêts,
celui qui tord, près des ruisseaux vifs, les osiers,
celui qui raccommode les vieux souliers
près d'un foyer obscur, d'un vieux chat galeux,
d'un merle qui dort et des enfants heureux;
celui qui tisse et fait un bruit retombant,
lorsque à minuit les grillons chantent aigrement;
celui qui fait le pain, celui qui fait le vin,
celui qui sème l'ail et les choux au jardin,
celui qui recueille les oeufs tièdes.

Two Young Peasant Women

먼 후일

먼 훗날 당신이 찾으시면
그때에 내 말이 잊었노라

당신이 속으로 나무라면
무척 그리다가 잊었노라

그래도 당신이 나무라면
믿기지 않아서 잊었노라

오늘도 어제도 아니 잊고
먼 훗날 그때에 잊었노라

Bath Road, London 1897

Houses at Bougival, Autumn 1870

Peasant Woman and Child Returning 1881

비오는 거리

이병각

저무는 거리에
가을 비가 나린다.

소리가 없다.

혼자 거닐며
옷을 적신다.

가로수 슬프지 않으냐
눈물을 흘린다.

Rue Saint Honore, Afternoon, Rain Effect 1897

가을밤

윤동주

굳은 비 나리는 가을밤
벌거숭이 그대로
잠자리에서 뛰쳐나와
마루에 쭈그리고 서서
아이ㄴ양 하고
쏴—— 오줌을 쏘오.

The Mill at La Roche Goyon

남쪽 하늘

제비는 두 나래를 가지었다.
시산한 가을날—

어머니의 젖가슴이 그리운
서리 나리는 저녁—
어린 영(靈)은 쪽나래의 향수를 타고
남쪽 하늘에 떠돌 뿐—

The Marne at Chennevieres, 1864~1865

향수(鄕愁)

정지용

넓은 벌 동쪽 끝으로
옛이야기 지줄대는 실개천이 회돌아 나가고,
얼룩백이 황소가
해설피 금빛 게으른 울음을 우는 곳,

—— 그 곳이 참하 꿈엔들 잊힐리야.

질화로에 재가 식어지면
뷔인 밭에 밤바람 소리 말을 달리고,
엷은 조름에 겨운 늙으신 아버지가
짚벼개를 돋아 고이시는 곳,

—— 그 곳이 참하 꿈엔들 잊힐리야.

흙에서 자란 내 마음
파아란 하늘 빛이 그립어
함부로 쏜 활살을 찾으려
풀섶 이슬에 함추름 휘적시든 곳,

—— 그 곳이 참하 꿈엔들 잊힐리야.

전설(傳說)바다에 춤추는 밤물결 같은
검은 귀밑머리 날리는 어린 누의와
아무러치도 않고 여쁠것도 없는
사철 발벗은 안해가
따가운 해ㅅ살을 등에 지고 이삭 줏던 곳,

—— 그 곳이 참하 꿈엔들 잊힐리야.

하늘에는 석근 별
알 수도 없는 모래성으로 발을 옮기고,
서리 까마귀 우지짖고 지나가는 초라한 집웅,
흐릿한 불빛에 돌아 앉어 도란 도란거리는 곳,

—— 그 곳이 참하 꿈엔들 잊힐리야.

Lavoir et moulin d'Osny 1884

Jalais Hill, Pontoise 1867

고향집 - 만주에서 부른

윤동주

헌 짚신짝 끄을고
나 여기 왜 왔노
두만강을 건너서
쓸쓸한 이 땅에

남쪽 하늘 저 밑에
따뜻한 내 고향
내 어머니 계신 곳
그리온 고향 집

Giverny

벌레 우는 소리

밤마다 울던 저 벌레는
오늘도 마루 밑에서 울고 있네

저녁에 빛나는 냇물같이
벌레 우는 소리는 차고도 쓸쓸하여라

밤마다 마루 밑에서 우는 벌레소리에
내 마음 한없이 이끌리나니

The Côte des Bœufs at L'Hermitage 1877

중추명월에
다다미 위에 비친
솔 그림자여

明月(めいげつ)や畳(たたみ)の上に松の影

다카라이 기카쿠

Landscape 1890

가을밤

벼개를 적신다.

달이 밝다.

뱃쟁이 우름에 맛추어
가을밤이 발버둥친다.

새로워질 수 없는 래력이거던
나달아 빨리 늙어라.

Young Peasant at Her Toilette 1888

View of Berneval 1900

Poultry Market at Gisors 1885

거리에서

달밤의 거리
광풍(狂風)이 휘날리는
북국(北國)의 거리
도시(都市)의 진주(眞珠)
전등(電燈)밑을 헤엄치는
조그만 인어(人魚) 나,
달과 전등에 비쳐
한몸에 둘셋의 그림자,
커졌다 작아졌다.

괴로움의 거리
회색(灰色)빛 밤거리를
걷고 있는 이 마음
선풍(旋風)이 일고 있네
외로우면서도
한 갈피 두 갈피
피어나는 마음의 그림자,
푸른 공상(空想)이
높아졌다 낮아졌다.

The Boulevard Montmartre at Night, 1897

사개 틀린 고풍의 툇마루에

김영랑

사개 틀린 고풍의 툇마루에 없는 듯이 앉아
아직 떠오를 기척도 없는 달을 기다린다
아무런 생각없이
아무런 뜻없이

이제 저 감나무 그림자가
사뿐 한 치씩 옮아오고
이 마루 위에 빛깔의 방석이
보시시 깔리우면

나는 내 하나인 외론 벗
가냘픈 내 그림자와
말없이 몸짓 없이 서로 맞대고 있으려니
이 밤 옮기는 발짓이나 들려오리라

Landscape at Varengeville 1899

나의 집

김소월

들가에 떨어져 나가 앉은 메 기슭의
넓은 바다의 물가 뒤에,
나는 지으리, 나의 집을,
다시금 큰길을 앞에다 두고.
길로 지나가는 그 사람들은
제각금 떨어져서 혼자 가는 길.
하이얀 여울턱에 날은 저물 때.
나는 문간에 서서 기다리리
새벽 새가 울며 지새는 그늘로
세상은 희게, 또는 고요하게,
번쩍이며 오는 아침부터,
지나가는 길손을 눈여겨 보며,
그대인가고, 그대인가고.

Peasants' Houses, Eragny 1887

Portrait of Jeanne Pissarro, called Minette 1872

The Seine at Bougival 1870

어떤 일이나 마음에 간직하고 숨기는데도
어찌하여 눈물이 먼저 알아차릴까

何事も心に込めて忍ぶるを
いかで涙のまづ知りぬらん

이즈미 시키부

Portrait of Felix Pissarro 1881

오―매 단풍 들것네

'오매 단풍 들 것네'
장광에 골붉은 감닢 날러오아
누이는 놀란 듯이 치어다보며
'오매 단풍 들 것네'

추석이 내일모레 기둘리니
바람이 자지어서 걱정이리
누이의 마음아 나를 보아라
'오매 단풍 들 것네'

Hyde Park, London, 1890

Autumn, Poplars 1893

Félix Pissarro lisant (PD 988) 1893

한동안 너를

고석규

한동안 너를 기다리며
목이 마르고 가슴이 쓰렸다.

가을의 처량한 달빛이
너를 기다리던 혼(魂)을 앗아가고

형적없는 내 그림자
바람에 떴다.

한동안 너를 품에 안은 일은
그 따스한 불꽃이 스며

하염없이 날음치던
우리들 자리가 화려하던 무렵

그리다 그날은 저물어 버려
우리는 솔솔이 눈물을 안고

가슴이 까맣게 닫히는 문에
한동안 우리끼리 잊어야 하는 것을.

Portrait of Jeanne 1872

달을 잡고

허민

Jeanne Reading 1899

시월에
아! 잘게 썰은 보리수나무 같구나
꺾어 버린 뒤에 (나무를)
지니실 한 분이 없으시도다.

_고려가요 '동동' 중 十月

十月.
달은 내려와 꿈꾸고 있네

화가 빈센트 반 고흐

시인 윤동주
　　　백석
　　　정지용
　　　박인환
　　　김영랑
　　　윤곤강
　　　박용철
　　　이장희
　　　이상화
　　　장정심
　　　라이너 마리아 릴케
　　　다카하마 교시
　　　마쓰오 바쇼
　　　사이교
　　　가가노 지요니
　　　이케니시 곤스이

빈센트 반 고흐 Vincent Van Gogh

1853~1890. 네덜란드 출신으로 프 랑스에서 활약한 화가. 서양 미술사 상 가장 위대한 화가 중 한 사람이 다. 고흐의 작품 전부(900여 점의 그 림들과 1,100여 점의 습작들)는 정신질 환을 앓고 자살을 감행하기 전, 10 년의 기간 동안 창작한 것들이다. 그는 살아 있는 동안에는 거의 성공 을 거두지 못하고 사후에 비로소 명

성을 얻었는데, 특히 1901년 3월 17일 (그가 죽은 지 11년 후) 파리 에서 71점의 그림이 전시된 이후 그의 이름은 급속도로 높아졌 다.

빈센트 반 고흐는 프로트 즌델트에서 출생했다. 목사의 아들로 태어나, 1869~1876년 화상 구필의 조수로 헤이그, 런던, 파리에 서 일하고 이어서 영국에서 학교교사, 벨기에의 보리나주 탄광 에서 전도사의 일을 보고, 1880년 화가로 그림을 그리기 시작했 다. 그때까지 짝사랑에 그친 몇 번의 연애를 경험했다. 1885년까 지 주로 부친의 재임지인 누넨에서 제작활동을 했다. 당시의 대 표작으로는 〈감자를 먹는 사람들〉(1885)이 있다. 열여섯 살에는 삼촌의 권유로 헤이그에 있는 구필 화랑에서 일하기 시작했다. 그의 네 살 아래 동생이자 빈센트가 평생의 우애로 아꼈던 테오 도 나중에 그 회사에 들어왔다. 이 우애는 그들이 서로 주고받았 던 엄청난 편지 모음에 충분히 기록되어 있다. 이 편지들은 보존

되어 오다가 1914년에 출판되었다. 그 편지들에는 고흐가 예민한 마음의 재능 있는 작가라는 것과 더불어 무명화가로서의 고단한 삶에 대한 슬픔도 묘사되어 있다. 테오는 빈센트의 삶을 통틀어서 경제적으로 지원해 주었다.

네덜란드 시절 고흐의 그림은 어두운 색채로 비참한 주제가 특징이었으나, 1886~1888년 파리에서 인상파·신인상파의 영향을 받았고, 1888년 봄 아를르에 가서, 이상할 정도로 꼼꼼한 필촉(筆觸)과 타는 듯한 색채로 고흐 특유의 화풍을 전개시킨다. 1888년 가을, 아를르에서 고갱과의 공동생활 중 병의 발작에 의해서 자기의 왼쪽 귀를 자르는 사건을 일으켜 정신병원에 입원했고, 생 레미에 머물던 시절에 입퇴원 생활을 되풀이했다. 1890년 봄 파리 근교의 오베르 쉬르 우아즈에 정착하여 열정적으로 작품 활동을 계속했다. 그러나 1890년 7월 27일, 빈센트 반 고흐는 들판으로 걸어나간 뒤 자신의 가슴에 총을 쏘았다. 바로 죽지는 않았지만 치명적인 총상이었으므로, 비틀거리며 집으로 돌아간 후, 심하게 앓고 난 이틀 뒤, 동생 테오가 바라보는 앞에서 37세의 나이로 숨을 거뒀다. 주요 작품으로는 〈해바라기〉〈아를르의 침실〉〈닥터 가세의 초상〉 등이 있다.

Dr. Paul Gachet(Portrait of Dr. Gachet) 1890

Paul Gauguin's Armchair 1888

별 헤는 밤

윤동주

계절이 지나가는 하늘에는
가을로 가득 차 있습니다.

나는 아무 걱정도 없이
가을 속의 별들을 다 헬 듯합니다.

가슴 속에 하나 둘 새겨지는 별을
이제 다 못 헤는 것은
쉬이 아침이 오는 까닭이요
내일 밤이 남은 까닭이요
아직 나의 청춘이 다 하지 않은 까닭입니다.

별 하나에 추억과
별 하나에 사랑과
별 하나에 쓸쓸함과
별 하나에 동경과
별 하나에 시와
별 하나에 어머니, 어머니,

어머님, 나는 별 하나에 아름다운 말 한마디씩 불러 봅
니다. 소학교 때 책상을 같이 했던 아이들의 이름과 패,
경, 옥, 이런 이국 소녀들의 이름과, 벌써 아기 어머니
된 계집애들의 이름과, 가난한 이웃 사람들의 이름과,
비둘기, 강아지, 토끼, 노새, 노루, '프랑시스 잠', '라이너
마리아 릴케' 이런 시인의 이름을 불러 봅니다.

이네들은 너무나 멀리 있습니다.
별이 아스라이 멀 듯이.

어머님,
그리고 당신은 멀리 북간도에 계십니다.

나는 무엇인지 그리워
이 많은 별빛이 내린 언덕 위에
내 이름자를 써 보고
흙으로 덮어 버리었습니다.

딴은 밤을 새워 우는 벌레는
부끄러운 이름을 슬퍼하는 까닭입니다.

그러나 겨울이 지나고 나의 별에도 봄이 오면
무덤 위에 파란 잔디가 피어나듯이
내 이름자 묻힌 언덕 우에도
자랑처럼 풀이 무성할거외다.

The Starry Night(De sterrennacht) 1889

Starry Night Over the Rhone(Nuit Étoilée sur le Rhône) 1888

자화상

산모퉁이를 돌아 논 가 외딴 우물을 홀로 찾아가선 가만히
들여다 봅니다.

우물 속에는 달이 밝고 구름이 흐르고 하늘이 펼치고
파아란 바람이 불고 가을이 있습니다.

그리고 한 사나이가 있습니다.
어쩐지 그 사나이가 미워져 돌아갑니다.

돌아가다 생각하니 그 사나이가 가엾어집니다.
도로 가 들여다보니 사나이는 그대로 있습니다.

다시 그 사나이가 미워져 돌아갑니다.
돌아가다 생각하니 그 사나이가 그리워집니다.

우물 속에는 달이 밝고 구름이 흐르며 하늘이 펼치고
파아란 바람이 불고 가을이 있고 추억처럼 사나이가 있습니다.

Self Portrait with Bandaged Ear 1889

쓸쓸한 길

거적장사 하나 산뒷옆 비탈을 오른다
아— 따르는 사람도 없이 쓸쓸한 쓸쓸한 길이다
산가마귀만 울며 날고
도적갠가 개 하나 어정어정 따러간다
이스라치전이 드나 머루전이 드나
수리취 땅버들의 하이얀 복이 서러웁다
뚜물같이 흐린 날 동풍이 설렌다

Nursery on Schenkweg 1882

추야일경(秋夜一景)

백석

닭이 두 홰나 울었는데
안방 큰방은 홰줏하니 당등을 하고
인간들은 모두 웅성웅성 깨어 있어서들
오가리며 석박디를 썰고
생강에 파에 청각에 마늘을 다지고

시래기를 삶는 훈훈한 방안에는
양념 내음새가 싱싱도 하다

밖에는 어디서 물새가 우는데
토방에선 햇콩두부가 고요히 숨이 들어갔다

四日

Houses and Figure 1890

늙은 갈대의 독백

백석

해가 진다
갈새는 얼마 아니하야 잠이 든다
물닭도 쉬이 어느 낯설은 논드렁에서 돌아온다
바람이 마을을 오면 그때 우리는 설게 늙음의 이야기를 편다

보름밤이면
갈거이와 함께 이 언덕에서 달보기를 한다
강물과 같이 세월의 노래를 부른다
새우들이 마른 잎새에 올라앉는 이때가 나는 좋다

어느 처녀가 내 잎을 따 갈부던을 결었노
어느 동자가 내 잎을 따 갈나발을 불었노
어느 기러기 내 순한 대를 입에다 물고 갔노
아, 어느 태공망(太公望)이 내 젊음을 낚어 갔노

이 몸의 매딥매딥
잃어진 사랑의 허물자국
별 많은 어느 밤 강을 날여간 강다릿배의 갈대 피리
비오는 어느 아침 나룻배 나린 길손의 갈대 지팽이
모두 내 사랑이었다

해오라비조는 곁에서
물뱀의 새끼를 업고 나는 꿈을 꾸었다
벼름질로 돌아오는 낮이 나를 다리려 왔다
달구지 타고 산골로 삿자리의 벼슬을 갔다

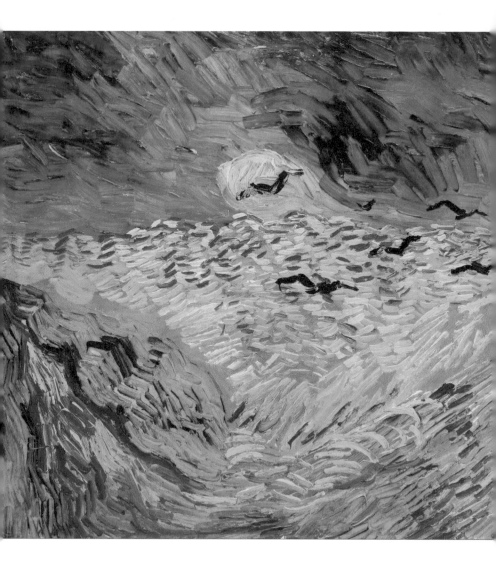

Wheatfield with Crows 1890

내 옛날 온 꿈이

김영랑

내 옛날 온 꿈이 모조리 실리어간
하늘가 닿는 데 기쁨이 사신가

고요히 사라지는 구름을 바래자
헛되나 마음 가는 그곳뿐이라

눈물을 삼키며 기쁨을 찾노란다
허공은 저리도 한없이 푸르름을

업디어 눈물로 땅 우에 새기자
하늘가 닿는 데 기쁨이 사신다

Wheatfields under Thunderclouds 1890

그가 한 마디
내가 한 마디
가을은 깊어 가고

彼一語我一語秋深みかも

다카하마 교시

Cafe Terrace, Place du Forum, Arles 1888

목마와 숙녀

한 잔의 술을 마시고
우리는 버지니아 울프의 생애와
목마를 타고 떠난 숙녀의 옷자락을 이야기한다
목마는 주인을 버리고 거저 방울 소리만 울리며
가을 속으로 떠났다 술병에서 별이 떨어진다
상심한 별은 내 가슴에 가벼웁게 부서진다
그러한 잠시 내가 알던 소녀는
정원의 초목 옆에서 자라고
문학이 죽고 인생이 죽고
사랑의 진리마저 애증의 그림자를 버릴 때
목마를 탄 사랑의 사람은 보이지 않는다
세월은 가고 오는 것
한때는 고립을 피하여 시들어가고
이제 우리는 작별하여야 한다
술병이 바람에 쓰러지는 소리를 들으며
늙은 여류작가의 눈을 바라다보아야 한다

八
日

······등대에······
불이 보이지 않아도
거저 간직한 페시미즘의 미래를 위하여
우리는 처량한 목마 소리를 기억하여야 한다
모든 것이 떠나든 죽든
거저 가슴에 남은 희미한 의식을 붙잡고
우리는 버지니아 울프의 서러운 이야기를 들어야 한다
두 개의 바위 틈을 지나 청춘을 찾은 뱀과 같이
눈을 뜨고 한 잔의 술을 마셔야 한다.
인생은 외롭지도 않고
거저 잡지의 표지처럼 통속하거늘
한탄할 그 무엇이 무서워서 우리는 떠나는 것일까
목마는 하늘에 있고
방울 소리는 귓전에 철렁거리는데
가을 바람소리는
내 쓰러진 술병 속에서 목 메어 우는데

Girl in White 1890

Adeline Ravoux 1890

달밤─ 도회(都會)

이상화

먼지투성이인 지붕 위로
달이 머리를 쳐들고 서네.

떡잎이 터진 거리의 포플라가 실바람에 불려
사람에게 놀란 도적이 손에 쥔 돈을 놓아버리듯
하늘을 우러러 은 쪽을 던지며 떨고 있다.

풋솜에나 비길 얇은 구름이
달에게로 날아만 들어
바다 위에 섰는 듯 보는 눈이 어지럽다.

사람은 온몸에 달빛을 입은 줄도 모르는가.
둘씩 셋씩 짝을 지어 예사롭게 지껄이다.
아니다, 웃을 때는 그들의 입에 달빛이 있다.
달 이야긴가 보다.

아, 하다못해 오늘 밤만 등불을 꺼 버리자.
촌각시같이 방구석에서, 추녀 밑에서
달을 보고 얼굴을 붉힌 등불을 보려무나.

거리 뒷간 유리창에도
달은 내려와 꿈꾸고 있네.

Road with Cypress and Star 1890

절망(絶望)

백석

북관(北關)에 계집은 튼튼하다
북관(北關)에 계집은 아름답다
아름답고 튼튼한 계집은 있어서
흰 저고리에 붉은 길동을 달어
검정치마에 받처입은 것은
나의 꼭 하나 즐거운 꿈이였드니
어늬 아츰 계집은
머리에 무거운 동이를 이고
손에 어린것의 손을 끌고
가펴러운 언덕길을
숨이 차서 올라갔다
나는 한종일 서러웠다

Memory of the Garden at Etten(Ladies of Arles) 1888

달밤

윤동주

흐르는 달의 흰 물결을 밀처
여윈 나무그림자를 밟으며
북망산(北邙山)을 향(向)한 발걸음은 무거웁고
고독을 반려(伴侶)한 마음은 슬프기도 하다.

누가 있어만 싶은 묘지(墓地)엔 아무도 없고
정적(靜寂)만이 군데군데 흰 물결에 폭 젖었다.

White House at Night 1890

달밤이여
돌 위에 나가 우는 귀뚜라미

月の夜や石に出で鳴なくきりぎりす

가가노 지요니

Almond Blossoms 1890

비

정지용

돌에
그늘이 차고,

따로 몰리는
소소리 바람.

앞서거니 하여
꼬리 치날리어 세우고,

종종 다리 까칠한
산(山)새 걸음걸이.

여울 지어
수척한 흰 물살,

갈갈이
손가락 펴고.

멎은 듯
새삼 돋는 빗낱

붉은 잎 잎
소란히 밟고 간다.

Wheat Field in Rain 1889

낮의 소란 소리

十
四
日

거나한 낮의 소란 소리 풍겼는듸
금시 퇴락하는 양
묵은 벽지의 내음 그윽하고
저쯤 예사 걸려 있을 희멀끔한 달
한 자락 퍼진 구름도 못 말아 놓는 바람이어니
묵근히 옮겨 딛는 밤의 검은 발짓만
고뇌인 넋을 짓밟누나
아! 몇 날을 더 몇 날을
뛰어 본 다리 날아 본 다리
허전한 풍경을 안고 고요히 선다

Sunset at Montmajour 1888

쓸쓸한 시절

이장희

어느덧 가을은 깊어
들이든 뫼이든 숲이든
모두 파리해 있다.

언덕 위에 오뚝이 서서
개가 짖는다.
날카롭게 짖는다.

비 ─ ㄴ 들에
마른 잎 태우는 연기
가늘게 가늘게 떠오른다.

그대여
우리들 머리 숙이고
고요히 생각할 그때가 왔다.

Peasant Burning Weeds 1883

어머님

오늘 어머님을 뵈오라 갈 수가 있다면
붉은 카네숀 꽃을 한아름 안고 가서
옛날에 불러주시든 그 자장가를
또다시 듣고 오고 싶습니다

누구라 어머님의 사랑을 설명하라 한다면
나의 평생의 처음 사랑이오
또한 나의 후생에도 영원할 사랑이라고
큰 소리로 외처 대답해주겠습니다

누구라 어머님의 성격을 말하라 하면
착하신 그 마음 원수라도 용서해주시고
진실하신 그 입엔 허탄한 말슴도 없었고
아름다온 그 표정 평화스러우시다 하겠읍니다

님의 간절하시든 정성의 기도
님의 은근하시든 교훈의 말슴
마음끝 님을 예찬하려 하오나
혀끝과 붓끝이 무디여 유감입니다

Autumn Landscape 1885

둘이서 함께
바라보고 또 바라보던
가을 보름달
혼자 바라보게 될
그것이 슬퍼라

もろともに眺め眺めて秋の月
ひとりにならんことぞ悲しき

사이교

Irises 1890

Roses 1890

Sprig of flowering almond in a glass 1888

밤

윤동주

외양간 당나귀
아-ㅇ 외마디 울음 울고

당나귀 소리에
으-아 아 애기 소스라쳐 깨고,

등잔에 불을 다오.

아버지는 당나귀에게
짚을 한 키 담아 주고,

어머니는 애기에게
젖을 한 모금 먹이고,

밤은 다시 고요히 잠드오.

The Man is at Sea (after Demont-Breton) 1889

고목 가지 끝에서는
있는 듯 없는 듯
호수의 물소리.

枯木(こがらし)の果てはありげり海の音

이케니시 곤스이

Farmhouse in a wheat field 1888

가을

라이너 마리아 릴케

잎들이 떨어집니다. 먼 곳에서 잎들이 떨어집니다.
저 먼 하늘의 정원이 시들어버린 듯
부정하는 몸짓으로 잎들이 떨어집니다.

그리고 오늘밤 무거운 지구가 떨어집니다.
다른 별들에서 떨어져 홀로 외롭게.

우리들 모두가 떨어집니다. 이 손이 떨어집니다.
그리고 보세요 다른 것들을, 모두가 떨어집니다.

그러나 저기 누군가가 있어,
그의 두 손으로
한없이 부드럽게 떨어지는 것들을 받아주고 있습니다.

Hospital at Saint–Rémy 1889

Herbst

Rainer Maria Rilke

Die Blätter fallen, fallen wie von weit,
als welkten in den Himmeln ferne Gärten;
sie fallen mit verneinender Gebärde.

Und in den Nächten fällt die schwere Erde
aus allen Sternen in die Einsamkeit.

Wir alle fallen. Diese Hand da fällt.
Und sieh dir andre an: es ist in allen.

Und doch ist Einer, welcher dieses Fallen
unendlich sanft in seinen Händen hält.

The Brothel (Le Lupanar) 1888

청시(青枾)

별 많은 밤
하누바람이 불어서
푸른 감이 떨어진다 개가 짖는다

The Poplars at Saint-Rémy 1889

Irises 1890

Portrait of Armand Roulin 1888

수라(修羅)

백석

거미새끼 하나 방바닥에 나린 것을 나는 아모 생각 없이
문밖으로 쓸어버린다
차디찬 밤이다

언제인가 새끼거미 쓸려나간 곳에 큰거미가 왔다
나는 가슴이 짜릿한다
나는 또 큰거미를 쓸어 문밖으로 버리며
찬 밖이라도 새끼 있는 데로 가라고 하며 서러워한다

이렇게 해서 아린 가슴이 싹기도 전이다
어데서 좁쌀알만한 알에서 가제 깨인 듯한 발이 채 서지도
못한 무척 적은 새끼거미가 이번엔 큰거미 없어진 곳으로
와서 아물거린다
나는 가슴이 메이는 듯하다
내 손에 오르기라도 하라고 나는 손을 내어미나 분명히
울고불고 할 이 작은 것은 나를 무서우이 달아나버리며
나를 서럽게 한다
나는 이 작은 것을 고히 보드러운 종이에 받어 또 문밖으로
버리며 이것의 엄마와 누나나 형이 가까이 이것의 걱정을
하며 있다가 쉬이 만나기나 했으면 좋으련만 하고 슬퍼한다

Farming Village at Twilight 1884

나는 네 것 아니라

박용철

나는 네 것 아니라 네 가운데 안 사라졌다
　안 사라졌다 나는 참말 바라지마는
한낮에 켜진 촛불이 사라짐같이
　바닷물에 듣는 눈발이 사라짐같이

나는 너를 사랑는다, 내 눈에는 네가 아직
　아름답고 빛나는 사람으로 비친다
　너의 아름답고 빛남이 보인다

그러나 나는 나, 마음은 바라지마는 ─
　빗속에 사라지는 빛같이 사라지기.

오 나를 깊은 사랑 속에 내어 던지라
　나의 감각을 뽑아 귀 어둡고 눈 멀게 하여라
너의 사랑이 폭풍우에 휩쓸리어
　몰리는 바람 앞에 가느단 촛불같이.

Wheat Field with Cypresses at the Haude Galline near Eygalieres 1889

토요일

윤곤강

월(月)

화(火)

수(水)

목(木)

금(金)

토(土)

— 이렇게 일자(日字)가 지나가고,

또다시 오늘은 토요(土曜)

일월(日月)의 길다란 선로(線路)를

말없이 달아나는 기차… 나의 생활아

구둣발에 채인 돌멩이처럼

얼어붙은 운명을 울기만 하려느냐

The Night Café 1888

비에 젖은 마음

박용철

불도 없는 방안에 쓰러지며
내쉬는 한숨 따라 「아 어머니 !」섞이는 말
모진 듯 참아오던 그의 모든 서러움이
공교로운 고임새의 무너져나림같이
이 한 말을 따라 한번에 쏟아진다

많은 구박 가운데로 허위어다니다가
헌솜같이 지친 몸은 일어날 기운 잃고
그의 맘은 어두움에 가득 차서 있다
쉬일 줄 모르고 찬비 자꾸 나리는 밤
사람 기척도 없는 싸늘한 방에서

뜻없이 소리내인 이 한 말에 마음 풀려
짓궂은 마을애들에게 부대끼우다
엄마 옷자락에 매달려 우는 애같이
그는 달래어주시는 손 이마 우에 느껴가며
모든 괴롬 울어 잊으련 듯 마음놓아 울고 있다

Vincent's Bedroom in Arles 1889

낙엽

소리도 자취도 없이
내 외롭고 싸늘한 마음속으로
밤마다 찾아와서는
조용하고 얌전한 목소리로
기다림에 지친 나의 창을
은근히 두드리는 소리

깨끗한 시악씨의 거룩한 그림자야!
조심스러운 너의 발자국소리
사뿐사뿐 디디며 밟는 자국

아아, 얼마나 정다운 소리뇨
온갖 값진 보배 구슬이
지금 너의 맨발 길을 따라
허깨비처럼 내게로 다가오도다

시악씨야! 그대 어깨 위에
내 마음을 축여 주는
입맞춤을 가져간다 하더라도
그대 가벼운 몸짓을 지우지 말라

있는 듯 만 듯한 동안의 이 즐거움
너를 기다리는 안타까운 동안
너의 발자국소리가 내 마음이여라

Cottages and Cypresses Reminiscence of the North 1890

당신의 소년은

이용악

설룽한 마음 어느 구석엔가
숱한 별들 떨어지고
쏟아져내리는 빗소리에 포옥 잠겨 있는
당신의 소년은

아득히 당신을 그리면서
개울창에 버리고 온 것은
갈가리 찢어진 우산
나의 슬픔이 아니었습니다

당신께로의 불길이
나를 싸고 타올라도
나의 길은
캄캄한 채로 닫힌 쌍바라지에 이르러
언제나 그림자도 없이 끝나고

얼마나 많은 밤이 당신과 나 사이에
테로스의 바다처럼
엄숙히 놓여져 있습니까
당신은 당신의 슬픔에서만 나를 찾았고
나는 나의 슬픔을 통해 당신을 만났을 뿐입니까

어느 다음날
수풀을 헤치고 와야 할 당신의 옷자락이
휘얼 휠 앞을 흐리게 합니다
어디서 당신은 이처럼 소년을 부르십니까

Self-Portrait 1989

The Church at Auvers 1890

내 탓

장정심

친구를 안다 함은 얼굴만 안 것이지
맘이야 누가 알까 짐작도 못 하렸다
오늘에 맘 아파함은 내 탓인가 하노라

Beach at Scheveningen in Stormy Weather 1882

황홀한 달빛

김영랑

황홀한 달빛
바다는 은(銀)장
천지는 꿈인 양
이리 고요하다

부르면 내려올 듯
정든 달은
맑고 은은한 노래
울려날 듯

저 은장 위에
떨어진단들
달이야 설마
깨어질라고

떨어져 보라
저 달 어서 떨어져라
그 혼란스럼
아름다운 천둥 지둥

호젓한 삼경
산 위에 홀히
꿈꾸는 바다
깨울 수 없다

Two Cypresses 1889

L'Arlesienne, Portrait of Madame Ginoux 1888

이 길,
지나가는 이도 없이
저무는 가을.

この道や行く人なしに秋の暮

마쓰오 바쇼

Farmhouse in Provence 1888

달을 쏘다

윤동주

번거롭던 사위(四圍)가 잠잠해지고 시계 소리가 또렷하나 보니 밤은 저윽이 깊을 대로 깊은 모양이다. 보던 책자를 책상 머리에 밀어놓고 잠자리를 수습한 다음 잠옷을 걸치는 것이다. 「딱」스위치 소리와 함께 전등을 끄고 창녘의 침대에 드러누우니 이때까지 밖은 휘양찬 달 밤이었던 것을 감각치 못하였었다. 이것도 밝은 전등의 혜택이었을까.

나의 누추한 방이 달빛에 잠겨 아름다운 그림이 된다는 것보담도 오히려 슬픈 선창(船艙)이 되는 것이다. 창살이 이마로부터 콧마루, 입술, 이렇게 하얀 가슴에 여맨 손등에까지 어른거려 나의 마음을 간지르는 것이다. 옆에 누운 분의 숨소리에 방은 무시무시해진다. 아 이처럼 황황해지는 가슴에 눈을 치떠서 밖을 내다보니 가을 하늘은 역시 맑고 우거진 송림은 한 폭의 묵화다.
달빛은 솔가지에 쏟아져 바람인 양 솨— 소리가 날 듯하다. 들리는 것은 시계 소리와 숨소리와 귀또리 울음뿐 벅쩍대던 기숙사도 절간보다 더 한층 고요한 것이 아니냐?

나는 깊은 사념에 잠기우기 한창이다. 딴은 사랑스런 아가씨를 사유(私有)할 수 있는 아름다운 상화(想華)도 좋고, 어릴 적 미련을 두고 온 고향에의 향수도 좋거니와 그보담 손쉽게 표현 못할 심각한 그 무엇이 있다.

바다를 건너 온 H 군의 편지 사연을 곰곰 생각할수록 사람과 사람 사이의 감정이란 미묘한 것이다. 감상적인 그에게도 필연코 가을은 왔나 보다.
편지는 너무나 지나치지 않았던가, 그중 한 토막,
「군아, 나는 지금 울며울며 이 글을 쓴다. 이 밤도 달이 뜨고, 바람이 불고, 인간인 까닭에 가을이란 흙냄새도 안다. 정의 눈물, 따뜻한 예술학도였던 정의 눈물도 이 밤이 마지막이다.」
또 마지막 켠으로 이런 구절이 있다.
「당신은 나를 영원히 쫓아 버리는 것이 정직할 것이오.」
나는 이 글의 뉘앙스를 해득할 수 있다.

그러나 사실 나는 그에게 아픈 소리 한 마디 한 일이 없고 서러운 글 한 쪽 보낸 일이 없지 아니한가. 생각컨대 이 죄는 다만 가을에게 지워 보낼 수밖에 없다.

홍안서생(紅顔書生)으로 이런 단안을 내리는 것은 외람한 일이나 동무란 한낱 괴로운 존재요, 우정이란 진정코 위태로운 잔에 떠 놓은 물이다. 이 말을 반대할 자 누구랴. 그러나 지기(知己) 하나 얻기 힘든다 하거늘 알뜰한 동무 하나 잃어버린다는 것이 살을 베어 내는 아픔이다.

나는 나를 정원에서 발견하고 창을 넘어 나왔다든가 방문을 열고 나왔다든가 왜 나왔느냐 하는 어리석은 생각에 두뇌를 괴롭게 할 필요는 없는 것이다. 다만 귀뚜라미 울음에도 수줍어지는 코스모스 앞에 그윽이 서서 닥터 빌링스의 동상 그림자처럼 슬퍼지면 그만이다.
나는 이 마음을 아무에게나 전가시킬 심보는 없다. 옷깃은 민감이어서 달빛에도 싸늘히 추워지고 가을 이슬이란 선득선득하여서 설운 사나이의 눈물인 것이다.

발걸음은 몸뚱이를 옮겨 못가에 세워 줄 때 못 속에도 역시 가을이 있고, 삼경(三更)이 있고, 나무가 있고, 달이 있다.

그 찰나, 가을이 원망스럽고 달이 미워진다. 더듬어 돌을 찾아 달을 향하여 죽어라고 팔매질을 하였다. 통쾌! 달은 산산이 부서지고 말았다. 그러나 놀랐던 물결이 잦아들 때 오래잖아 달은 도로 살아난 것이 아니냐, 문득 하늘을 쳐다보니 얄미운 달은 머리 위에서 빈정대는 것을…

나는 곳곳한 나뭇가지를 골라 따를 째서 줄을 메워 훌륭한 활을 만들었다. 그리고 좀 탄탄한 갈대로 화살을 삼아 무사(武士)의 마음을 먹고 달을 쏘다.

Vase with Twelve Sunflowers 1888

Belvedere Overlooking Montmartre 1886

십일월

봉당 자리(흙바닥)에

아! 홑적삼 덮고 누워

임을 그리며 살아가는 나는

너무나 슬프구나.

_고려가요 '동동' 중 十一月

十一月.

오래간만에 내 마음은

화가 모리스 위트릴로

시인 윤동주
　　　정지용
　　　김영랑
　　　윤곤강
　　　변영로
　　　이장희
　　　장정심
　　　박용철
　　　심훈
　　　오장환
　　　노자영
　　　미야자와 겐지
　　　노자와 본초
　　　무카이 교라이
　　　야마구치 소도

모리스 위트릴로 Maurice Utrillo

1883~1955. 프랑스의 화가. 평생을 몽마르트 풍경과 파리의 외곽 지역, 서민촌의 골목길을 그의 외로운 시정에 빗대어 화폭에 담았던 몽마르트를 대표하는 화가이다. 다작을 넘어 남작으로도 유명한데 유화만 3,000점이 넘는다. 인물화도 그리긴 했지만 5점 정도밖에 없고, 높은 평가를 받지는 못했다.

모델 출신으로 훗날 여류화가가 된 발라동의 사생아로 태어났지만 아홉 살에 1891년에 스페인인의 화가·건축가·미술비평가인 미구엘 위트릴로(Miguel Utrillo)가 아들로 받아들여, 이후 모리스 위트릴로라 불리었다.

일찍이 이상할 정도로 음주벽을 보였고, 1900년에는 알코올 중독으로 입원하게 되었다. 그것을 고치기 위해, 어머니와 의사의 권유에 따라 그림을 그리기 시작했으나 음주벽은 고쳐지지 않아 입원을 거듭했다. 그는 거의 독학으로 그림을 배웠고 화단에서도 고립되었고, 애수에 잠긴 파리의 거리 등 신변의 풍경화를 수없이 그렸다.

위트릴로의 작품은 크게 4개의 시기로 분류된다. 몽마니 등 파리 교외의 풍경을 그린 몽마니 시대(1903~1905), 인상파적인 작풍을 시도했던 인상파 시대(1906~1908), 위트릴로만의 충실한 조형세계를 구축해나간 백색 시대(1908~1914), 코르시카 여행의 영향으로 점차 색채가 선명해진 다색 시대(1915~1955) 등이다.

특히 백색시대 작품 중 수작이 많은데, 음주와 난행과 싸우면서 제작한 백색 시대 시절의 작품은, 오래된 파리의 거리묘사에 흰색을 많이 사용하여 미묘한 해조(諧調)를 통하여 우수에 찬 시정(詩情)을 발휘하였다. 그 후 1913년 브로화랑에서 최초의 개인전을 열어 호평을 받았으나, 코르시카 여행(1912) 후 점차 색채가 선명해졌으며 명성이 높아지면서 예전의 서정성이 희박해지는 경향이 두드러졌다.

1935년 위트릴로의 작품 찬미자인 벨기에의 미망인과 결혼하여 신앙심 두터운 평화로운 가정을 꾸려, 만년에 유복한 생활을 하며 파리 풍경을 계속 그려나갔다. 대표작으로 〈몽마르트르 풍경〉〈몽마르트르의 생 피에르 성당〉 등이 있다.

Little Communicant, Church of Mourning 1909–1912

Mother Catherine's Restaurant in Montmartre 1917

첫눈

심훈

눈이 내립니다, 첫눈이 내립니다.
삼승버선 엎어 신고 사뿟사뿟 내려앉습니다.
논과 들과 초가집 용마루 위에
배꽃처럼 흩어져 송이송이 내려앉습니다.

조각조각 흩날리는 눈의 날개는
내 마음을 고이 고이 덮어 줍니다.
소복 입은 아가씨처럼 치맛자락 벌이고
구석구석 자리를 펴고 들어앉습니다.

그 눈이 녹습니다, 녹아내립니다.
남몰래 짓는 눈물이 속으로 흘러들듯
내 마음이 뜨거워 그 눈이 녹습니다.
추녀 끝에, 내 가슴 속에, 줄줄이 흘러내립니다.

Cabaret Le Lapin Agile 1938

참새

윤동주

가을 지난 마당은 하이얀 종이
참새들이 글씨를 공부하지요.

째액째액 입으로 받아 읽으며
두 발로는 글씨를 연습하지요.

하로종일 글씨를 공부하여도
쨱자 한 자 밖에는 더 못쓰는 걸.

Snow over Montmartre

가슴 2

윤동주

三日

늦은 가을 쓰르래미
숲에 싸여 공포에 떨고,

웃음 웃는 흰 달 생각이
도망가오.

A Street in a Suburb of Paris

사랑은

사랑은 겁 없는 가슴으로서
부드러운 님의 가슴에 건너 매여진
일렁일렁 흔들리는 실이니

사람이 목숨 가리지 않거든
그 흔들리는 실 끊어지기 전
저 편 언덕 건너가자.

Pontoise, l'Eperon Street and Street de la Coutellerie1914

첫겨울

오장환

감나무 상가지
하나 남은 연시를
가마귀가
찍어 가더니
오늘은 된서리가 내렸네
후라딱딱 훠이
무서리가 내렸네

View of Pontoise

The Quartier Saint-Romain at Anse, Rhone

Road in Argenteuil 1914

독수리 집의
녹나무 마른 가지를
석양이 비껴가네

鷲の巣の樟の枯枝に日

노자와 본초

The Debray Farm

참회록

파란 녹이 낀 구리거울 속에
내 얼굴이 남아 있는 것은
어느 왕조(王朝)의 유물(遺物)이기에
이다지도 욕될까.

나는 나의 참회(懺悔)의 글을 한 줄에 줄이자.
── 만 이십 사년 일개월을 무슨 기쁨을 바라 살아 왔던가.

내일이나 모레나 그 어느 즐거운 날에
나는 또 한 줄의 참회록을 써야 한다.
── 그때 그 젊은 나이에 왜 그런 부끄런 고백(告白)을 했던가.

밤이면 밤마다 나의 거울을
손바닥으로 발바닥으로 닦아 보자.

그러면 어느 운석(隕石) 밑으로 홀로 걸어가는
슬픈 사람의 뒷모양이
거울 속에 나타나온다.

Mont Cenis Street in The Snow

해후

박용철

그는 병난 시계같이 휘둥그래지며 멈칫 섰다.

Suburban Street Scene

저녁때 외로운 마음

김영랑

저녁때 저녁때 외로운 마음
붙잡지 못하여 걸어다님을
누구라 불어주신 바람이기로
눈물을 눈물을 빼앗아가오

The House of Mimi Pinson in Montmartre

Rue Norvins à Montmartre 1941

Passage Cottin, Montmartre 1922

초겨울
세찬 바람에도 지지 않고
흩날리는 초겨울비로구나

木枯(こがらし)の地にも落さぬ時雨(しぐれ)かな

무카이 교라이

Montmartre

흐르는 거리

으스름히 안개가 흐른다. 거리가 흘러간다. 저 전차(電車),
자동차(自動車), 모든 바퀴가 어디로 흘리워 가는 것일까?
정박(碇泊)할 아무 항구(港口)도 없이, 가련한 많은 사람들을
싣고서, 안개 속에 잠긴 거리는,

거리 모퉁이 붉은 포스트상자를 붙잡고 섰을라면 모든 것이
흐르는 속에 어렴풋이 빛나는 가로등(街路燈), 꺼지지 않는
것은 무슨 상징(象徵)일까? 사랑하는 동무 박(朴)이여! 그리고
김(金)이여! 자네들은 지금 어디 있는가? 끝없이 안개가 흐르는데,

「새로운 날 아침 우리 다시 정(情)답게 손목을 잡어 보세」 몇 자(字)
적어 포스트 속에 떨어뜨리고, 밤을 새워 기다리면 금휘장(金徽章)에
금(金)단추를 삐었고 거인(巨人)처럼 찬란히 나타나는 배달부(配達夫),
아침과 함께 즐거운 내림(來臨),

이 밤을 하염없이 안개가 흐른다.

Rue De Crimea, Paris

달같이

연륜이 자라듯이
달이 자라는 고요한 밤에
달같이 외로운 사랑이
가슴하나 뻐근히
연륜처럼 피어 나간다.

Square Tertre on Montmartre(Le Place du Tertre) 1910

겨울

정지용

빗방울 나리다 유리알로 굴러
한밤중 잉크빛 바다를 건너다.

The House of Mimi Pinson at Montmartre 1931

싸늘한 이마

박용철

큰 어둠 가운데 홀로 밝은 불 켜고
앉아 있으면 모두 빼앗기는 듯한 외로움
한 포기 산꽃이라도 있으면 얼마나한
위로이랴

모두 빼앗기는 듯 눈덮개 고이 나리면
환한 온몸은 새파란 불 붙어 있는 인광(燐光)
까만 귀또리 하나라도 있으면 얼마나한
기쁨이랴

파란 불에 몸을 사루면 싸늘한 이마
맑게 트이어 기어가는 신경의 간지러움
기리는 별이라도 맘에 있다면 얼마나한
즐검이랴

十四日

Farm on L'Ile d'Ouessant (Finistere) 1910–1911

비에도 지지 않고

미야자와 겐지

비에도 지지 않고
바람에도 지지 않고
눈에도 여름 더위에도 지지 않는
튼튼한 몸으로
욕심은 없이
결코 화내지 않으며
늘 조용히 웃고
하루에 현미 네 홉과
된장과 채소를 조금 먹고
모든 일에 자기 잇속을 따지지 않고
잘 보고 듣고 알고
그래서 잊지 않고
들판 소나무 숲 그늘 아래
작은 초가집에 살고

十五日

동쪽에 아픈 아이 있으면
가서 돌보아 주고
서쪽에 지친 어머니 있으면
가서 볏단 지어 날라 주고
남쪽에 죽어가는 사람 있으면
가서 두려워하지 말라 말하고
북쪽에 싸움이나 소송 있으면
별거 아니니 그만두라 말하고
가뭄 들면 눈물 흘리고
냉해 든 여름이면 허둥대며 걷고
모두에게 멍청이라고 불리는
칭찬도 받지 않고
미움도 받지 않는
그러한 사람이
나는 되고 싶다

Church– The Chartreuse of Neuville–Sous–Montreuil

Rue Vauconsant, in Sannois(Val–D'oise)

雨ニモマケズ

みやざわけんじ

雨ニモマケズ
風ニモマケズ
雪ニモ夏ノ暑サニモマケヌ
丈夫ナカラダヲモチ
慾ハナク
決シテ瞋ラズ
イツモシヅカニワラッテヰル
一日ニ玄米四合ト
味噌ト少シノ野菜ヲタベ
アラユルコトヲ
ジブンヲカンジョウニ入レズニ
ヨクミキキシワカリ
ソシテワスレズ
野原ノ松ノ林ノ蔭ノ
小サナ萱ブキノ小屋ニヰテ

東ニ病気ノコドモアレバ
行ッテ看病シテヤリ
西ニツカレタ母アレバ
行ッテソノ稲ノ束ヲ負ヒ
南ニ死ニサウナ人アレバ
行ッテコハガラナクテモイ丶トイヒ
北ニケンクヮヤソショウガアレバw
ツマラナイカラヤメロトイヒ
ヒデリノトキハナミダヲナガシ
サムサノナツハオロオロアルキ
ミンナニデクノボートヨバレ
ホメラレモセズ
クニモサレズ
サウイフモノニ
ワタシハナリタイ

La basilique de Longpont 1925

Square Tertre on Montmartre

돌아와 보는 밤

윤동주

세상으로부터 돌아오듯이 이제 내 좁은 방에 돌아와 불을
끄옵니다. 불을 켜 두는 것은 너무나 피로롭은 일이옵니다.
그것은 낮의 연장(延長)이옵기에—

이제 창(窓)을 열어 공기(空氣)를 바꾸어 들여야 할 텐데
밖을 가만히 내다보아야 방(房)안과 같이 어두워 꼭 세상
같은데 비를 맞고 오던 길이 그대로 비 속에 젖어 있사옵니다.

하루의 울분을 씻을 바 없어 가만히 눈을 감으면
마음속으로 흐르는 소리, 이제, 사상(思想)이 능금처럼
저절로 익어 가옵니다.

Lapin Agile 1910s

꼭지 빠진 감
떨어지는 소리 듣는
깊은 산

蔕おちの柿のおときく新山哉

야마구치 소도

Square Saint-Pierre in Montmartre 1908

무서운 시간(時間)

윤동주

거 나를 부르는 것이 누구요,

가랑닢 입파리 푸르러 나오는 그늘인데,
나 아직 여기 호흡(呼吸)이 남아 있소.

한 번도 손들어 보지 못한 나를
손들어 표할 하늘도 없는 나를

어디에 내 한 몸 둘 하늘이 있어
나를 부르는 것이오.

일을 마치고 내 죽는 날 아츰에는
서럽지도 않은 가랑닢이 떠러질 텐데……

나를 부르지 마오.

Lapin Agile 1912

새 한 마리

이장희

날마다 밤마다
내 가슴에 품겨서
아프다 아프다고 발버둥치는
가엾은 새 한 마리.

나는 자장가를 부르며
잠재우려 하지만
그저 아프다 아프다고
울기만 합니다.

어느덧 자장가도
눈물에 떨구요.

Saint–Léger church, Soissons

백지편지

장정심

쓰자니 수다하고 안 쓰잔 억울하오
다 쓰지 못할바엔 백지로 보내오니
호의로 읽어보시오 좋은 뜻만 씨웠소

Chaudoin House

Castle in Charente

Chapelle de Buis 1921

황혼(黃昏)이 바다가 되어

윤동주

하루도 검푸른 물결에
흐느적 잠기고……잠기고……

저— 웬 검은 고기떼가
물든 바다를 날아 횡단(橫斷)할고.

낙엽(落葉)이 된 해초(海草)
해초(海草)마다 슬프기도 하오.

서창(西窓)에 걸린 해말간 풍경화(風景畵).
옷고름 너어는 고아(孤兒)의 설움.

이제 첫 항해(航海)하는 마음을 먹고
방바닥에 나뒹구오……뒹구오……

황혼(黃昏)이 바다가 되어
오늘도 수(數)많은 배가
나와 함께 이 물결에 잠겼을게오.

Rue Marcadet in Montmartre

홍시

정지용

어적게도 홍시 하나.
오늘에도 홍시 하나.

까마귀야. 까마귀야.
우리 남게 웨 앉었나.

우리 옵바 오시걸랑.
맛뵐라구 남겨 뒀다.

후락 딱 딱
훠이 훠이!

Moulin de la Galette, Montmartre 1926

추억

노자영

지나간 옛 자취를
더듬어 가다가
눈을 감고 잠에 빠지면

아, 옛일은 옛일은
꿈에까지 와서
이렇게도 나의 마음을
울려 주는가

꿈에 놀란 외로움이
눈을 뜨면
새벽닭이 우는 하늘 저편에
지새던 별이 눈물을 흘린다

Flowers 1940

흰 그림자

황혼(黃昏)이 짙어지는 길모금에서
하루종일 시들은 귀를 가만히 기울이면
땅거미 옮겨지는 발자취소리,

발자취소리를 들을 수 있도록
나는 총명했던가요.

이제 어리석게도 모든 것을 깨달은 다음
오래 마음 깊은 속에
괴로워하던 수많은 나를
하나, 둘 제 고장으로 돌려보내면
거리 모퉁이 어둠속으로
소리 없이 사라지는 흰 그림자,
흰 그림자를
연연히 사랑하던 흰 그림자들,

내 모든 것을 돌려보낸 뒤
허전히 뒷골목을 돌아
황혼(黃昏)처럼 물드는 내 방으로 돌아오면

신념(信念)이 깊은 의젓한 양(羊)처럼
하루종일 시름없이 풀포기나 뜯자.

Le Moulin de la Galette et le Sacré-Coeur

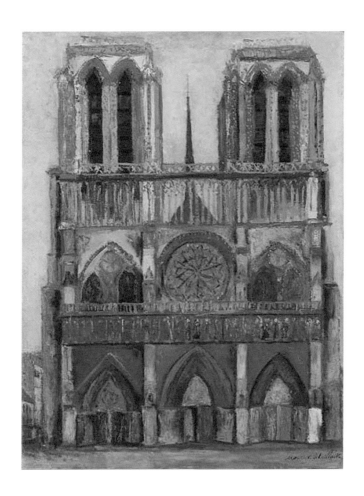

Notre–Dame 1909

너의 그림자

박용철

하이얀 모래
가이없고

적은 구름 우에
노래는 숨었다

아지랑이 같이 아른대는
너의 그림자

그리움에
홀로 여위어간다

Amicalement à Georgette Chesneau,
1923, Maurice, Utrillo, V,

Moulin de la Galette, Montmartre 1923

유리창 2

내어다 보니
아조 캄캄한 밤,
어험스런 뜰앞 잣나무가 자꼬 커올라간다.
돌아서서 자리로 갔다.
나는 목이 마르다.
또, 가까히 가
유리를 입으로 쫏다.
아아, 항 안에 든 금붕어처럼 갑갑하다.
별도 없다, 물도 없다, 쉬파람 부는 밤.
소증기선(小蒸汽船)처럼 흔들리는 창(窓).
투명(透明)한 보라ㅅ빛 누뤼알아,
이 알몸을 끄집어내라, 때려라, 부릇내라.
나는 열(熱)이 오른다.
뺌은 차라리 연정(戀情)스레히
유리에 부빈다, 차디찬 입마춤을 마신다.
쓰라리, 알연히, 그싯는 음향(音響) —
머언 꽃!
도회(都會)에는 고흔 화재(火災)가 오른다.

Eglise Saint-Severin

눈 오는 저녁

노자영

흰 눈이 밀행자(密行者)의 발자욱같이
수줍은 듯 사뿐사뿐 소리 곱게 내리네
송이마다 또렷또렷 내 옷 위에 은수(銀繡)를 놓으면서

아, 님의 마음 저 눈 되어 오시나이까?
알뜰이 고운 모습 님 마음 분명하듯
그 눈송이 머리에 이고 밤거리를 걸으리!
정말 님의 마음이시거던 밤이 새도록 내리거라

함박눈 송이송이 비단 무늬를 짜듯이
내 걷는 길을 하얗게 하얗게 꾸미시네
손에 받아 곱게 놓고 고개 숙일까?
이 마음에도 저 눈처럼 님이 오시라

밟기도 황송한 듯 눈을 감으면
바스락바스락 귓속말로 날 부르시나?
흰 눈은 송이마다 백진주를 내 목에 거네.

Église, Rue Montalant Sous La Neige À Marizy Sainte-Geneviève (Aisne)

Sacré-Coeur de Montmartre et square Saint-Pierre 1935

Le Moulin de la Galette

멋 모르고

윤곤강

멋 모르고 사는 동안에
나는 어느새 반이나마 늙었네

야윈 가슴 쥐어뜯으며
나는 긴 한숨도 쉬었네

마지막 가는 앓는 사람처럼
외마디소리 질러도 보았네

보람 없이 살진대, 차라리
죽는 게 나은 줄 알기야 하지만

멋 모르고 사는 동안에
나는 어느새 반이나마 늙었네

Le Maquis de Montmartre 1948

밤의 시름

윤곤강

오라는 사람도 없는 밤거리에 홀로 서면
먼지 묻은 어둠 속에 시름이 거미처럼 매달린다

아스팔트의 찬 얼굴에 이끼처럼 흰 눈이 깔리고
빌딩의 이마 위에 고드름처럼 얼어붙는 바람

눈물의 짠 갯물을 마시며 마시며 가면
흐미하게 켜지는 등불에 없는 고향이 보이고

등불이 그려 놓는 그림자 나의 그림자
흰 고양이의 눈길 위에 밤의 시름이 깃을 편다

La Place St. Pierre et le Sacré Coeur de Montmartre 1938

별똥 떨어진 데

윤동주

밤이다.

하늘은 푸르다 못해 농회색으로 캄캄하나 별들만은 또렷또렷
빛난다.
침침한 어둠뿐만 아니라 오삭오삭 춥다.
이 육중한 기류 가운데 자조하는 한 젊은이가 있다.
그를 나라고 불러두자.

나는 이 어둠에서 배태되고 이 어둠에서 생장하여서 아직도
이 어둠 속에 그대로 생존하나보다.
이제 내가 갈 곳이 어딘지 몰라 허위적거리는 것이다.
하기는 나는 세기의 초점인 듯 초췌하다.
얼핏 생각하기에는 내 바닥을 반듯이 받들어 주는 것도 없고
그렇다고 내 머리를 갑자기 내려 누르는 아무것도 없는
듯하다마는 내막은 그렇지도 않다.
나는 도무지 자유스럽지 못하다.
다만 나는 없는 듯 있는 하루살이처럼 허공에 부유하는 한 점에
지나지 않는다. 이것이 하루살이처럼 경쾌하다면 마침
다행할 것인데 그렇지를 못하구나!

이 점의 대칭 위치에 또 하나 다른 밝음의 초점이 도사리고 있는 듯 생각킨다. 덥석 움키었으면 잡힐 듯도 하다.

마는 그것을 휘잡기에는 나 자신이 순질(純質)이라는 것보다 오히려 내 마음에 아무런 준비도 배포치 못한 것이 아니냐. 그리고 보니 행복이란 별스런 손님을 불러들이기에도 또 다른 한 가닥 구실을 치르지 않으면 안 될까 보다.

이 밤이 나에게 있어 어릴 적처럼 한낱 공포의 장막인 것은 벌써 흘러 간 전설이오, 따라서 이 밤이 향락의 도가니라는 이야기도 나의 염원에선 아직 소화시키지 못할 돌덩이다. 오로지 밤은 나의 도전의 호적(好敵)이면 그만이다.

이것이 생생한 관념세계에만 머무른다면 애석한 일이다. 어둠 속에 깜박깜박 조을며 다닥다닥 나란히한 초가들이 아름다운 시의 화사(華詞)가 될 수 있다는 것은 벌써 지나간 제너레이션의 이야기요, 오늘에 있어서는 다만 말 못하는 비극의 배경이다.

이제 닭이 홰를 치면서 맵짠 울음을 뽑아 밤을 쫓고 어둠을
짓내몰아 동켠으로 휘언히 새벽이란 새로운 손님을 불러온다
하자. 하나 경망스럽게 그리 반가워할 것은 없다. 보아라, 가령
새벽이 왔다 하더라도 이 마을은 그대로 암담하고 나도 그대로
암담하고 하여서 너나 나나 이 가랑지길에서 주저 주저 아니치
못할 존재들이 아니냐.

나무가 있다.

그는 나의 오랜 이웃이요 벗이다. 그렇다고 그와 내가 성격이나
환경이나 생활이 공통한 데 있어서가 아니다. 말하자면 극단과
극단 사이에도 애정이 관통할 수 있다는 기적적인 교분의 표본에
지나지 못할 것이다.

나는 처음 그를 퍽 불행한 존재로 가소롭게 여겼다. 그의 앞에
설 때 슬퍼지고 측은한 마음이 앞을 가리곤 하였다. 마는 돌이켜
생각컨대 나무처럼 행복한 생물은 다시 없을 듯하다. 굳음에는
이루 비길 데 없는 바위에도 그리 탐탁치는 못할망정 자양분이
있다거늘 어디로 간들 생의 뿌리를 박지 못하며 어디로 간들
생활의 불평이 있을소냐.

칙칙하면 솔솔 솔바람이 불어오고, 심심하면 새가 와서 노래를
부르다 가고, 출출하면 한 줄기 비가 오고, 밤이면 수많은 별들과
오손도손 이야기할 수 있고 — 보다 나무는 행동의 방향이란
거추장스런 과제에 봉착하지 않고 인위적으로든 우연으로서든
탄생시켜 준 자리를 지켜 무진무궁한 영양소를 흡취하고 영롱한
햇빛을 받아들여 손쉽게 생활을 영위하고 오로지 하늘만 바라고
뻗어질 수 있는 것이 무엇보다 행복스럽지 않으냐.

이 밤도 과제를 풀지 못하여 안타까운 나의 마음에 나무의 마음이
점점 옮아오는 듯하고, 행동할 수 있는 자랑을 자랑치 못함에
뼈저리듯 하나 나의 젊은 선배의 웅변이 왈 선배도 믿지 못할
것이라니 그러면 영리한 나무에게 나의 방향을 물어야 할 것인가.

어디로 가야 하느냐, 동이 어디냐, 서가 어디냐, 남이 어디냐,
아차! 저 별이 번쩍 흐른다. 별똥 떨어진 데가 내가 갈 곳인가 보다.
하면 별똥아! 꼭 떨어져야 할 곳에 떨어져야 한다.

The Pink House in Montmartre 1916

Avenue de Versailles et la Tour Eiffel

십이월
분지나무로 깎은
아! 차려 올릴 소반의 젓가락 같구나.
님 앞에 들어 가지런히 놓으니
손님이 가져다 입에 뭅니다.

_고려가요 '동동' 중 十二月

十二月.

편편이 흩날리는 저 눈송이처럼

화가 칼 라르손

시인 윤동주
　　　백석
　　　김영랑
　　　노자영
　　　박용철
　　　변영로
　　　장정심
　　　허민
　　　황석우
　　　한용운
　　　이상
　　　이상화
　　　이용악
　　　심훈
　　　오장환
　　　이병각
　　　김상용
　　　라이너 마리아 릴케
　　　마쓰오 바쇼
　　　요사 부손
　　　이케니시 곤스이

칼 라르손 Carl Larsson

1853~1919. 스웨덴의 사실주의 화가 이자 인테리어 디자이너. 스톡홀름에서 태어났으며 집안이 매우 가난하여 불우한 어린 시절을 보냈다. 열세 살 때 학교 선생님의 설득으로 스톡홀름 미술 아카데미(Stockholm Academy of Fine Arts)에 들어갔으며 1869년에는 엔티크 스쿨(antique school)에서 공부하였다. 이후 파리로 건너가 프랑스풍의 부드러운 빛깔로 두껍게 칠한 수채화 작품을 많이 그렸다.

스웨덴 왕립 미술아카데미에서 수학한 라르손은 1882년 파리 외곽에 있는 스칸디나비아 예술가들의 거주지 그레 쉬르 루앙(Grez-sur-Loing)에서 스웨덴 미술가 단체에 가입했다. 그곳에서 그는 장차 그의 아내가 될 미술가 카린 베르게를 만났다. 둘은 결혼해 여덟 명의 아이를 낳았다. 1888년 라르손은 장인이 순트보른의 리틀 휘트네스에 마련해준 집으로 가족을 데리고 이사했다. 1888년 순트보른으로 이주하면서 자신의 집을 예술가적인 취향으로 꾸며 그곳에서 가족들과 평화롭고 소박한 전원생활을 하였다. 작품도 전원생활을 주제로 한 아름답고 장식성이 강한 그림들을 그려 화제를 모았다. 그는 가정생활의 소박하고 평화로운 모습을 그린 그림들로 유명하며, 종종 자신의 가족을 그리기도 했다.

그를 가장 유명하게 만들고 출판계를 놀라게 했던 작품은 바로 책의 삽화로, 〈해 뜨는 집〉(1895)의 삽화가 가장 유명하다. 그러나 라르손은 자신의 가장 중요한 작품으로 공공건물에 그린 커다란 크기의 벽화들을 꼽았다. 그중에서도 〈한겨울의 희생 (Midwinter sacrifice, 스웨덴어: Midvinterblot)〉은 자신 생애 최고의 작품이라고 했다. 스웨덴 역사에서 중요한 사건과 인물들을 주제로 그린 이 그림은 스톡홀름의 국립미술관을 장식하고 있다.

작품을 통해 보여준 그의 개성은 스웨덴의 대표적인 가구 브랜드인 이케아(IKEA)의 정신적 모토가 되었고, 현재 미술시장에서 그의 작품은 5억 원을 호가하는 가치를 지니며, 시대를 뛰어넘어 높은 예술성을 인정받고 있다.

수많은 삽화들을 비롯하여 많은 작품을 남겼는데, 〈10월 (October)〉(1882), 〈커다란 자작나무 아래서의 아침식사 (Breakfast under the big birch)〉(1894~1899), 〈한겨울의 희생〉 (1914~1915) 등이 잘 알려져 있다.

Now It's Christmas Again 1907

편지

윤동주

누나!
이 겨울에도
눈이 가득히 왔습니다.

흰 봉투에
눈을 한줌 넣고
글씨도 쓰지 말고
우표도 붙이지 말고
말숙하게 그대로
편지를 부칠가요?

누나 가신 나라엔
눈이 아니 온다기에.

In The Snow 1910

호주머니

윤동주

넣을 것 없어
걱정이던
호주머니는,

겨울만 되면
주먹 두 개 갑북갑북.

The Yard And Wash-House 1895

내 마음을 아실 이

김영랑

내 마음을 아실 이
내 혼자 마음 날 같이 아실 이
그래도 어데나 계실 것이면
내 마음에 때때로 어리우는 티끌과
속임 없는 눈물의 간곡한 방울방울
푸른 밤 고이 맺는 이슬 같은 보람을
보밴 듯 감추었다 내어드리지.
아! 그럽다.
내 혼자 마음 날 같이 아실 이
꿈에나 아득히 보이는가.
향 맑은 옥돌에 불이 달어
사랑은 타기도 하오런만
불빛에 연긴 듯 희미론 마음은
사랑도 모르리 내 혼자 마음은.

Girls Sewing By The Window 1913

나와 나타샤와 흰당나귀

백석

가난한 내가
아름다운 나타샤를 사랑해서
오늘밤은 푹푹 눈이 나린다

나타샤를 사랑은 하고
눈은 푹푹 날리고
나는 혼자 쓸쓸히 앉어 소주(燒酒)를 마신다
소주를 마시며 생각한다
나타샤와 나는
눈이 푹푹 쌓이는 밤 흰당나귀 타고
산골로 가자 출출이 우는 깊은 산골로 가 마가리에 살자

눈은 푹푹 나리고
나는 나타샤를 생각하고
나타샤가 아니 올 리 없다
언제 벌써 내 속에 고조곤히 와 이야기한다
산골로 가는 것은 세상에 지는 것이 아니다
세상 같은 건 더러워 버리는 것이다

눈은 푹푹 나리고
아름다운 나타샤는 나를 사랑하고
어데서 흰당나귀도 오늘밤이 좋아서 응앙응앙 울 것이다

The Timber Chute, Winter Scene From 'A Home' Series 1895

도끼질하다가
향내에 놀라도다
겨울나무 숲

斧入て香におどろくや冬木立

요사 부손

Woodcutters In The Forest 1906

The Kitchen 1898

Look Out 1901

눈 오는 지도(地圖)

윤동주

순이(順伊)가 떠난다는 아침에 말 못할 마음으로 함박눈이 나려, 슬픈 것처럼 창(窓)밖에 아득히 깔린 지도(地圖) 위에 덮힌다. 방(房)안을 돌아다보아야 아무도 없다. 벽(壁)이나 천정(天井)이 하얗다. 방(房) 안에까지 눈이 나리는 것일까, 정말 너는 잃어버린 역사(歷史)처럼 홀홀이 가는 것이냐, 떠나기 전(前)에 일러둘 말이 있던 것을 편지를 써서도 네가 가는 곳을 몰라 어느 거리, 어느 마을, 어느 지붕밑, 너는 내 마음속에만 남아 있는 것이냐, 네 쪼고만 발자욱을 눈이 자꾸 나려 덮여 따라 갈 수도 없다. 눈이 녹으면 남은 발자욱 자리마다 꽃이 피리니 꽃 사이로 발자욱을 찾아 나서면 일년(一年) 열두 달 하냥 내 마음에는 눈이 나리리라.

Brita's Forty Winks From A Home 1899

그럼 안녕
눈 구경하러 갔다 오겠네
넘어지는 데까지

いざさらば雪見(ゆきみ)にころぶ所まで

마쓰오 바쇼

Brita as Iduna(Iðunn) 1901

눈 밤

심훈

소리 없이 내리는 눈, 한 치, 두 치 마당 가뜩 쌓이는 밤엔
생각이 길어서 한 자외다, 한 길이외다.
편편이 흩날리는 저 눈송이처럼
편지나 써서 온 세상에 뿌렸으면 합니다.

When The Children Have Gone To Bed 1895

이런 시(時)

역사를하노라고땅을파다가커다란돌을하나끄집어내어놓고
보니도무지어디서인가본듯한생각이들게모양이생겼는데목
도들이그것을메고나가더니어디다갖다버리고온모양이길래
쫓아나가보니위험하기짝이없는큰길가더라.

그날밤에한소나기하였으니필시그돌이깨끗이씻겼을터인데
그이튿날가보니까변괴로다간데온데없더라. 어떤돌이와서
그돌을업어갔을까나는참이런처량한생각에서아래와같은작
문을지었도다.

「내가그다지사랑하던그대여내한평생에차마그대를잊을수
없소이다. 내차례에못올사랑인줄은알면서도나혼자는꾸준
히생각하리다. 자그러면내내어여쁘소서」

어떤돌이내얼굴을물끄러미치어다보는것만같아서이런시는
그만찢어버리고싶더라

Dagmar Grill 1909

사랑과 잠

황석우

잠은 사랑과 같이 사람의 눈으로부터 든다
그러나 사랑은 사람의 눈동자로부터도 적발로 살그머니 들어가고
잠은 사람의 눈꺼풀로부터 공연(公然)하게 당당(堂堂)히 들어간다
그럼으로 사랑은 좀도적의 소인(小人), 잠은 군자(君子)!
또 그들의 달은 곳은 사랑은 사람의 마음 가운데 들고
잠은 사람의 몸 가운데 들어간다
그리고 사랑의 맛은 달되 체(滯)하기 쉽고
잠의 맛은 담담(淡淡)하야 탈남이 없다

Study For Rokoko 1888

둘이서 본 눈
올해에도 그렇게
내렸을까

二人見し雪は今年も降りけるか

마쓰오 바쇼

Lisbeth Reading 1904

명상(瞑想)

윤동주

가츨가츨한 머리칼은 오막살이 처마끝,
쉬파람에 콧마루가 서운한 양 간질키오.

들창 같은 눈은 가볍게 닫혀
이 밤에 연정은 어둠처럼 골골히 스며드오.

My Oldest Daughter / Suzanne With Milk And Beech 1904

꿈 깨고서

님이면 나를 사랑하련마는
밤마다 문 밖에 와서 발자취 소리만 내이고
한 번도 돌아오지 아니하고 도로 가니
그것이 사랑인가요.
그러나 나는 발자취나마 님의 문 밖에 가 본 적이 없습니다.
아마 사랑은 님에게만 있나 봐요.

아아, 발자국 소리가 아니더면
꿈이나 아니 깨었으련마는
꿈은 님을 찾아가려고 구름을 탔었어요.

Flowers On The Windowsill 1894

창 구멍

윤동주

바람 부는 새벽에 장터 가시는
우리 아빠 뒷자취 보고 싶어서
춤을 발라 뚫어논 작은 창구멍
아롱 아롱 아침해 비치웁니다.

눈 나리는 저녁에 나무 팔러간
우리 아빠 오시나 기다리다가
혀끝으로 뚫어논 작은 창구멍
살랑 살랑 찬바람 날아듭니다.

Father And Mother And Child 1906

이별을 하느니

어쩌면 너와 나 떠나야겠으며 아무래도 우리는 나눠야겠느냐
남몰래 사랑하는 우리 사이에 남몰래 이별이 올 줄은 몰랐으나

꼭두로 오르는 정열에 가슴과 입설이 떨어 말보다 숨결조차 못 쉬노라
오늘밤 우리 둘의 목숨이 꿈결같이 보일 애타는 네 맘 속을 내 어이 모르랴

애인아 하늘을 보아라 하늘이 까라졌고 땅을 보아라 땅이 꺼졌도다
애인아 내 몸이 어제같이 보이고 네 몸도 아직 살아서 내 곁에 앉았느냐

어쩌면 너와 나 떠나야겠으며 아무래도 우리는 나눠야겠느냐
우리 둘이 나눠 생각하며 사느니보다 차라리 바라보며 우리 별이 되자

사랑은 흘러가는 마음 위에서 웃고 있는 가벼운 갈대꽃 인가
때가 오면 꽃송이는 고와지고 때가 가면 떨어지고 썩고 마는가?

님의 기림에서만 믿음을 얻고 님의 미움에서는 외로움만 받을 너이었더냐?
행복을 찾아선 비웃음도 모르는 인간이면서 이 고행을 싫어할 나이었더냐?

十
五
日

애인아 물에다 물탄 듯 서로의 사이에 경계가 없던 우리 마음 위로
애인아 검은 그림자가 오르락나리락 소리도 없이 어른거리도다

남몰래 사랑하는 우리 사이에 우리 몰래 이별이 올 줄은 몰랐어라
우리 둘이 나뉘어 사람이 되느니 피울음 우는 두견이 되자

오려므나 더 가까이 내 가슴을 안으라 두 마음 한 가락으로 얼어 보고 싶다
자그마한 부끄럼과 서로 아는 믿음 사이로 눈 감고 오는 방임(放任)을 맞이자

아주 주름잡힌 네 얼굴 이별이 주는 애통이냐? 이별을 쫓고 내게로 오너라
상아의 십자가 같은 네 허리만 더위잡는 내 팔 안으로 달려만 오너라

애인아 손을 다고 어둠 속에도 보이는 남색의 손을 내 손에 쥐어다오
애인아 말해다오 벙어리 입이 말하는 침묵의 말을 내 눈에 일러다오

어쩌면 너와 나 떠나야겠으며 아무래도 우리는 나뉘야겠느냐?
우리 둘이 나뉘어 미치고 마느니 차라리 바다에 빠져 두 마리 인어로나
되어서 살까

Portrait Of Mrs. Signe Thiel Thielska 1900

Self Portrait 1906

당신에게

장정심

당신에게 노래를 청할 수 있다면
들일락 말락 은은 소리로
우리 집 창밖에 홀로 와서
내 귀에 가마니 속삭여주시오

당신에게 웃음을 청할 수 있다면
꿈인 듯 생신 듯 연연한 음조로
봉오리 꽃같이 고은 웃음
괴롭든 즐겁든 늘 웃어주시오

당신에게 침묵을 청할 수 있다면
우리가 전일 화원에 앉어서
말없이 즐겁게 침묵하던
그 침묵 또다시 보내어 주시오

당신에게 무엇을 청할지라도
거절 안하실 터이오니
사랑의 그 마음 고이 싸서
만나는 그날에 그대로 주시오

Revelation 1917

하염없는 바람의 노래

박용철

나는 세상에
즐거움 모르는
바람이로라
너울거리는
나비와 꽃잎 사이로
속살거리는
입술과 입술 사이로
거저 불어지나는
마음없는 바람이로라

나는 세상에
즐거움 모르는
바람이로라
땅에 엎드린 사람
등에 땀을 흘리는 동안
쇠를 다지는 마치의
올랐다 나려지는 동안
흘깃 스쳐지나는
하염없는 바람이로라

나는 세상에
즐거움 모르는
바람이로라
누른 이삭은
고개 숙이어 가지런하고
빨간 사과는
산기슭을 단장한 곳에
한숨같이 옮겨가는
얻음없는 바람이로라

나는 세상에
즐거움 모르는
바람이로라
잎 벗은 가지는
소리없이 떨어 울고
검은 가마귀
넘는 해를 마저 지우는 제
자취없이 걸어가는
느낌없는 바람이로라

아 ― 세상에
마음 끌리는 곳 없어
호을로 일어나다
스스로 사라지는
즐거움 없는
바람이로다

Lisbeth With Yellow Tulip 1894

'Murre' Portrait Of Casimir Laurin 1900

그리움

이용악

눈이 오는가 북쪽엔
함박눈 쏟아져내리는가

험한 벼랑을 굽이굽이 돌아간
백무선 철길 우에
느릿느릿 밤새워 달리는
화물차의 검은 지붕에

연달린 산과 산 사이
너를 남기고 온
작은 마을에도 복된 눈 내리는가

잉크병 얼어드는 이러한 밤에
어쩌자고 잠을 깨어
그리운 곳 차마 그리운 곳

눈이 오는가 북쪽엔
함박눈 쏟아져내는가

十八日

Toys In The Corner 1887

고야(古夜)

十
九
日

아배는 타관 가서 오지 않고 산비탈 외따른 집에 엄매와 나와 단
둘이서 누가 죽이는 듯이 무서운 밤 집 뒤로는 어늬 산골짜기에서
소를 잡어먹는 노나리꾼들이 도적놈들같이 쿵쿵거리며 다닌다

날기멍석을 져간다는 닭보는 할미를 차 굴린다는 땅아래 고래 같
은 기와집에는 언제나 니차떡에 청밀에 은금보화가 그득하다는
외발 가진 조마구 뒷산 어늬메도 조마구네 나라가 있어서 오줌 누
러 깨는 재밤 머리맡의 문살에 대인 유리창으로 조마구 군병의 새
까만 대가리 새까만 눈알이 들여다보는 때 나는 이불속에 자즈러
붙어 숨도 쉬지 못한다

또 이러한 밤 같은 때 시집갈 처녀 막내고무가 고개너머 큰집으로
치장감을 가지고 와서 엄매와 둘이 소기름에 쌍심지의 불을 밝히
고 밤이 들도록 바느질을 하는 밤 같은 때 나는 아릇목의 삿귀를
들고 쇠든밤을 내여 다람쥐처럼 밝어먹고 은행여름을 인두 불에
구어도 먹고 그러다는 이불 우에서 광대넘이를 뒤이고 또 누어 굴
면서 엄매에게 웃목에 두른 평풍의 새빨간 천두의 이야기를 듣기
고 하고 고무더러는 밝는 날 멀리는 못 난다는 뫼추라기를 잡어달
라고 조르기도 하고

내일같이 명절날인 밤은 부엌에 째듯하니 불이 밝고 솥뚜껑이 놀
으며 구수한 내음새 곰국이 무르끓고 방안에서는 일가집 할머니
가 와서 마을의 소문을 펴며 조개송편에 달송편에 쥐돌기송편에
떡을 빚는 곁에서 나는 밤소 팥소 든 콩가루소를 먹으며 설탕 든
콩가루소가 가장 맛있다고 생각한다 나는 얼마나 반죽을 주무르
며 흰가루손이 되어 떡을 빚고 싶은지 모른다

섣달에 냅일날이 들어서 냅일날 밤에 눈이 오면 이 밤엔 쌔하얀
할미귀신의 눈귀신도 냅일눈을 받노라 못 난다는 말을 든든히 녀
기며 엄매와 나는 앙궁 우에 떡돌 우에 곱새담 우에 함지에 버치
며 대냥푼을 놓고 치성이나 드리듯이 정한 마음으로 냅일눈 약눈
을 받는다 이 눈세기물을 냅일물이라고 제주병에 진상항아리에
채워두고는 해를 묵여가며 고뿔이 와도 배앓이를 해도 갑피기를
앓어도 먹을 물이다

Portrait Of The Artist's Father 1903

Getting Ready For A Game 1901

편지

노자영

바라던, 바라던 님의 편지를
정성껏 품에 넣어가지고
사람도 없고 새도 없는
고요한 물가를 찾아 갔어요

물가의 바위를 등에 지고
그 님의 편지를 보느라니까
어느듯 숲에서 꾀꼬리가
나의 비밀을 알아채고서
꾀꼴꾀꼴 노래하며
물가를 건너 날아갑니다

비밀을 깨친 나의 마음은
놀램과 섭섭함에 분을 참고
그 님의 편지를 물속에 던지려다
그래도 오히려 아까워
푸른 시냇가 하얀 모래에
그만 곱게 묻어놨어요

모래에 묻은 그 님의 편지
사랑이 자는 어여쁜 무덤
물도 흐르고 나도 가면
달 밝은 저녁에 뻐국새 나와서
그 님의 넋을 불러나 주려는지……

Model Writing Postcards 1906

설야(雪夜)

밤은 잠들고
자취 드문 거리에
눈이 나린다.

너는 페르샤 문의 목도리
나는 사포를 기울게 쓰고

옛이야기처럼 아련하다
코노래를 부르며 부르며

자욱을 헤아린다.

파랑새를 쫓는다.

Just Before Bedtime 1908

A Ray Of Sunshine 1893

After The Prom 1908

눈 오는 아츰

눈 오는 아츰은
가장 성(聖)스러운 기도(祈禱)의 때다.

순결(純潔)의 언덕 우
수묵(水墨)빛 가지 가지의
이루어진 솜씨가 아름다워라.

연긔는 새로 탄생(誕生)된 아기의 호흡(呼吸)
닭이 울어
영원(永遠)의 보금자리가 한층 더 다스하다.

Skier 1911

순례의 서

라이너 마리아 릴케

내 눈빛을 지우십시오
나는 당신을 볼 수 있습니다.

내 귀를 막으십시오.
나는 당신을 들을 수 있습니다.

발이 없어도 당신에게 갈 수 있고
입이 없어도 당신을 부를 수 있습니다.
팔이 꺾여도 나는 당신을
내 심장으로 붙잡을 것입니다.

내 심장을 멈춘다면
나의 뇌수가 맥박 칠 것입니다 .

나의 뇌수를 불태운다면
나는 당신을 피 속에 싣고 갈 것입니다.

An Interior With A Woman Reading 1885

Lösch mir die Augen aus

Rainer Maria Rilke

Lösch mir die Augen aus: ich kann dich sehn,
wirf mir die Ohren zu: ich kann dich hören,
und ohne Füße kann ich zu dir gehn,
und ohne Mund noch kann ich dich beschwören.
Brich mir die Arme ab, ich fasse dich
mit meinem Herzen wie mit einer Hand,
halt mir das Herz zu, und mein Hirn wird schlagen,
und wirfst du in mein Hirn den Brand,
so werd ich dich auf meinem Blute tragen.

Study For Modern Art 1889

님의 손길

님의 사랑은 강철을 녹이는 물보다도 뜨거운데,
님의 손길은 너무 차서 한도가 없습니다.
나는 이 세상에서 서늘한 것도 보고 찬 것도 보았습니다.
그러나 님의 손길같이 찬 것은 볼 수가 없습니다.

국화 핀 서리 아침에 떨어진 잎새를 울리고
오는, 가을 바람도 님의 손길보다는 차지 못합니다.
달이 작고 별에 뿔나는 밤에, 얼음 위에 쌓인 눈도
님의 손길보다는 차지 못합니다.

나의 작은 가슴에 타오르는 불꽃은
님의 손길이 아니고는 끄는 수가 없습니다.

님의 손길의 온도를 측량할만한 한란계는
나의 가슴 밖에는 아무데도 없습니다.
님의 사랑은 불보다도 뜨거워서, 근심 산(山)을 태우고 한(恨)
바다를 말리는데, 님의 손길은 너무도 차서 한도가 없습니다.

Age Of Seventeen 1902

Midwinter Sacrifice 1914~1915

새로워진 행복

박용철

검푸른 밤이 거룩한 기운으로
온 누리를 덮어싼 제,
그대 아침과 저녁을 같이하던
사랑은 눈의 앞을 몰래 떠나,
뒷산 언덕 우에 혼잣몸을 뉘라.
별 많은 하늘 무심히 바래다가
시름없이 눈감으면.
더 빛난 세상의 문 마음눈에 열리리니,
기쁜 가슴 물결같이 움즐기고,
뉘우침과 용서의 아름답고 좋은 생각
헤엄치는 물고기떼처럼 뛰어들리.
그러한 때, 저 건너,
검은 둘레 우뚝이 선 산기슭으로
날으듯 빨리 옮겨가는 등불 하나
저의 집을 향해 바쁘나니,
무서움과 그리움 섞인 감정에
그대 발도 어둔 길을 서슴없이 달음질해,
아늑한 등불 비치는데 들어오면,
더 아늑히 웃는 사랑의 눈은
한동안 멀리 두고 그리던 이들같이
새로워진 행복에 부시는 그대 눈을 맞아 안으려니.

二十五日

Bridesmaid 1917

Mammas And The Small Girls 1897

A Day Of Celebration 1895

간판 없는 거리

정거장 플랫폼에
내렸을 때 아무도 없어,
다들 손님들뿐,
손님 같은 사람들뿐,
집집마다 간판이 없어
집 찾을 근심이 없어
빨갛게
파랗게
불붙는 문자도 없이
모퉁이마다
자애로운 헌 와사등에
불을 켜놓고,
손목을 잡으면
다들, 어진 사람들
다들, 어진 사람들
봄, 여름, 가을, 겨울,
순서로 돌아들고.

Open-Air Painter. Winter-Motif From Åsögatan 145, Stockholm 1886

고양이 달아나
매화를 흔들었네
으스름달

猫逃げて梅ゆすりけり朧月

이케니시 곤스이

On The Eve Of The Trip To England 1909

개

접시 귀에 소기름이나 소뿔등잔에 아즈까리 기름을 켜는
마을에서는 겨울밤 개 짖는 소리가 반가웁다

이 무서운 밤을 아래웃방성 마을 돌아다니는 사람은 있어
개는 짖는다

낮배 어니메 치코에 꿩이라도 걸려서 산너머 국수집에
국수를 받으려 가는 사람이 있어도 개는 짖는다

김치가재미선 동치미가 유별히 맛나게 익는 밤

아배가 밤참 국수를 받으려 가면 나는 큰마니 돋보기를
쓰고 앉어 개 짖는 소리를 들은 것이다

Cosy Corner 1894

마당 앞 맑은 새암을

마당 앞
맑은 새암을 들여다본다

저 깊은 땅 밑에
사로잡힌 넋 있어
언제나 먼 하늘만
내려다보고 계심 같아

별이 총총한
맑은 새암을 들여다본다

저 깊은 땅속에
편히 누운 넋 있어
이 밤 그 눈 반짝이고
그의 겉몸 부르심 같아

마당 앞
맑은 새암은 내 영혼의 얼굴

Azalea 1906

전라도 가시내

알룩조개에 입맞추며 자랐나
눈이 바다처럼 푸를 뿐더러 까무스레한 네 얼굴
가시내야
나는 발을 얼구며
무쇠다리를 건너온 함경도 사내

바람소리도 호개도 인전 무섭지 않다만
어두운 등불 밑 안개처럼 자욱한 시름을 달게 마시련다만
어디서 흉참한 기별이 뛰어들 것만 같애
두터운 벽도 이웃도 못 미더운 북간도 술막

온갖 방자의 말을 품고 왔다
눈포래를 뚫고 왔다
가시내야
너의 가슴 그늘진 숲속을 기어간 오솔길을 나는 헤매이자
술을 부어 남실남실 술을 따르어
가난한 이야기에 고이 잠거다오

네 두만강을 건너왔다는 석 달 전이면
단풍이 물들어 천 리 천 리 또 천 리 산마다 불탔을 겐데
그래두 외로워서 슬퍼서 초마폭으로 얼굴을 가렸더냐
두 낮 두 밤을 두루미처럼 울어 울어
불술기 구름 속을 달리는 양 유리창이 흐리더냐

차알삭 부서지는 파도소리에 취한 듯
때로 싸늘한 웃음이 소리 없이 새기는 보조개
가시내야
울 듯 울 듯 울지 않는 전라도 가시내야
두어 마디 너의 사투리로 때아닌 봄을 불러줄게
손때 수집은 분홍 댕기 휘 휘 날리며
잠깐 너의 나라로 돌아가거라

이윽고 얼음길이 밝으면
나는 눈포래 휘감아치는 벌판에 우줄우줄 나설 게다
노래도 없이 사라질 게다
자욱도 없이 사라질 게다

Lavoir et Moulin d'Osny 1884

In The Corner 1894

그믐밤

허민

그믐밤 하늘 우에 겨운 별빛은
내 사랑이 가면서 남긴 웃음가
힘도 없이 떠나신 그의 자취는
은하숫가 희미한 구름 같아라.

땅 우에 외롭게 선 이내 넋은
무덤 없는 옛 기억에 불타오르네
모든 원성 닥쳐도 변치 말고서
뜻과 뜻을 같이해 나가란 말씀.

허물어진 내 얼굴에 주름 잡히고
까스러운 노래도 한숨의 종자
희미하게 떠오르는 웃음의 별을
말없이 잡으려는 미련의 마음.

At The Piano 1900

Anna-Johanna Grill 1913

The Studio 1895

윤동주

尹東柱. 1917~1945. 일제강점기의 저항(항일)시인이자 독립운동가. 아명은 해환 (海煥). 만주 북간도의 명동촌에서 태어났으며, 기독교인인 할아버지의 영향을 받았다. 1931년(14세)에 명동소학교를 졸업하고, 한때 중국인 관립학교인 대랍자 학교를 다니다 가족이 용정으로 이사하자 용정에 있는 은진중학교에 입학하였다. 1935년에 평양의 숭실중학교로 전학하였으나, 학교에 신사참배 문제가 발생하여 폐쇄당하고 말았다. 다시 용정에 있는 광명학원의 중학부로 편입하여 거기서 졸업하였다. 1941년에는 서울의 연희전문학교 문과를 졸업하고, 일본으로 건너가 도쿄에 있는 릿쿄 대학 영문과에 입학하였다가, 다시 1942년, 도시샤 대학 영문과로 옮겼다. 학업 도중 귀향하려던 시점에 항일운동을 했다는 혐의로 일본 경찰에 체포되어(1943. 7), 2년형을 선고받고 후쿠오카 형무소에서 복역하였다. 그러나 복역 중 건강이 악화되어 1945년 2월에 생을 마감하고 말았다. 유해는 그의 고향 용정에 묻혔다. 한편, 그의 죽음에 관해서는 옥중에서 정체를 알 수 없는 주사를 정기적으로 맞은 결과이며, 이는 일제의 생체실험의 일환이었다는 주장도 제기되고 있다.

15세 때부터 시를 쓰기 시작하여 첫 작품으로 〈삶과 죽음〉〈초한대〉를 썼다. 발표 작품으로는 만주의 연길에서 발간된 《가톨릭 소년》지에 실린 동시 〈병아리〉(1936. 11) 〈빗자루〉(1936. 12) 〈오줌싸개 지도〉(1937. 1) 〈무얼 먹구사나〉(1937. 3) 〈거짓부리〉(1937. 10) 등이 있다. 연희전문학교 시절 작품으로는 《조선일보》에 발표한 산문 〈달을 쏘다〉, 교지 《문우》지에 게재된 〈자화상〉〈새로운 길〉이 있다. 그리고 그의 유작인 〈쉽게 쓰여진 시〉가 사후에 《경향신문》에 게재되기도 하였다(1946). 그의 절정기에 쓰인 작품들을 1941년 연희전문학교를 졸업하던 해에 《하늘과 바람과 별과 시》라는 제목으로 발간하려 하였으나 뜻을 이루지 못하였다. 그의 자필 유작 3부와 다른 작품들을 모아 친구 정병욱과 동생 윤일주가, 사후에 그의 뜻대로 1948년, 《하늘과 바람과 별과 시》라는 제목으로 출간했다. 29년의 짧은 생애를 살았지만 특유의 감수성과 삶에 대한 고뇌, 독립에 대한 소망이 서려 있는 작품들로 인해 대한민국 문학사에 길이 남은 전설적인 문인이다. 2017년 12월 30일, 탄생 100주년을 맞이했다.

백석

白石. 1912~1996. 일제 강점기와 조선민주주의인민공화국의 시인이자 소설가, 번역문학가이다. 본명은 백기행(白夔行)이며 본관은 수원(水原)이다. '白石(백석)'과

'白奭(백석)'이라는 아호(雅號)가 있었으나, 작품에서는 거의 '白石(백석)'을 쓰고 있다.

평안북도 정주(定州) 출신. 오산고등보통학교를 마친 후, 일본에서 1934년 아오야마학원 전문부 영어사범과를 졸업하였다. 부친 백용삼과 모친 이봉우 사이의 3남 1녀 중 장남으로 출생했다. 부친은 우리나라 사진계의 초기인물로《조선일보》의 사진반장을 지냈다. 모친 이봉우는 단양군수를 역임한 이양실의 딸로 소문에 의하면 기생 내지는 무당의 딸로 알려져 백석의 혼사에 결정적인 지장을 줄 정도로 당시로서는 심한 천대를 받던 천출의 소생으로 알려져 있다. 1930년《조선일보》신년현상문예에 1등으로 당선된 단편소설〈그 모(母)와 아들〉로 등단했고, 몇 편의 산문과 번역소설을 내며 작가와 번역가로서 활동했다. 실제로는 시작(時作) 활동에 주력했으며, 1936년 1월 20일에는 그간《조선일보》와《조광(朝光)》에 발표한 7편의 시에, 새로 26편의 시를 더해 시집《사슴》을 자비로 100권 출간했다. 이 무렵 기생 김진향을 만나 사랑에 빠졌고 이때 그녀에게 '자야(子夜)'라는 아호를 지어주었다. 이후 1948년《학풍(學風)》창간호(10월호)에〈남신의주 유동 박시봉방(南新義州 柳洞 朴時逢方)〉을 내놓기까지 60여 편의 시를 여러 잡지와 신문, 시선집 등에 발표했으나, 분단 이후 북한에서의 활동은 정확히 알려진 것이 없다. 백석은 자신이 태어난 마을과 마을 사람들 그리고 주변 자연을 대상으로 시를 썼다. 작품에는 평안도 방언을 비롯하여 여러 지방의 사투리와 고어를 사용했으며 소박한 생활 모습과 철학적 단면이 시에 잘 드러나 있다. 그의 시는 한민족의 공동체적 친근성에 기반을 두었고 작품의 도처에는 고향의 부재에 대한 상실감이 담겨 있다.

정지용

鄭芝溶. 1902~1950. 대한민국의 대표적 서정 시인이다. 충청북도 옥천군 옥천면 하계리에서 한의사인 정태국과 정미하 사이에서 맏아들로 태어났다. 연못의 용이 하늘로 올라가는 태몽을 꾸었다고 하여 아명은 지룡(池龍)이라고 하였다. 당시 풍습에 따라 열두 살에 송재숙(宋在淑)과 결혼했으며, 1914년 아버지의 영향으로 로마 가톨릭에 입문하여 '방지거(方濟各, 프란치스코)'라는 세례명을 받았다. 정지용은 섬세하고 독특한 언어를 구사하며, 생생하고 선명한 대상 묘사에 특유의 빛을 발하는 시인이다. 한국현대시의 신경지를 열었다는 평가를 받고 있으며, 이상을 비롯하여 조지훈, 박목월 등과 같은 청록파 시인들을 등장시키기도 했다. 그는 휘문고보 재학 시절〈서광〉창간호에 소설〈삼인〉을 발표하였으며, 일본 유학시절에는 대표작이 된〈향수〉를 썼다. 1930년에 시문학 동인으로 본격적인 문단활동을 했고, 구인회를 결성하고, 문장지의 추천위원으로도 활동했다. 해방 이후에는《경향신문》의 주간으로 일하며 대학에도 출강했는데, 이화여대에서는 라틴어와 한국어를, 서울대에서는 시경을 강의했다. 1950년 한국전쟁이 일어난 뒤에는 김기림. 박영희 등과 함께 서대문형무소에 수용되었다가, 이후 납북되었다가 사망하였다. 사망 장소와 시기는 정확히 확인되지 않았는데, 1953년 평양에서 사망했다고 알려져 있다. 주요 저서로는《정지용 시집》《백록담》《지용문학독본》등이 있다. 그의 고향 충북 옥천에서는 매년 5월에 지용제를 개최하고 있으며, 1989년부터는 시와 시학사에서 정지용문학상을 제정하여 매년 시상하고 있다.

김소월

金素月. 1902~1934. 일제 강점기의 시인. 본명은 김정식(金廷湜)이지만, 호인 소월(素月)로 더 널리 알려져 있다. 본관은 공주(公州)이며 1934년 12월 24일 평안북도 곽산 자택에서 33세 나이에 음독자살했다. 그는 서구 문학이 범람하던 시대에 민족 고유의 정서를 노래한 시인이라고 평가받고 서정적인 시로 오늘날까지도 많은 사랑을 받고 있다. 〈진달래꽃〉〈금잔디〉〈엄마야 누나야〉〈산유화〉외 많은 명시를 남겼다. 한 평론가는 "그 왕성한 창작적 의욕과 그 작품의 전통적 가치를 고려해 볼 때, 1920년대에 있어서 천재라는 이름으로 불릴 수 있는 거의 유일한 시인이었음을 알 수 있다"고 평가했다.

김영랑

金永郞. 1903~1950. 시인. 본관은 김해(金海). 본명은 김윤식(金允植). 영랑은 아호인데《시문학(詩文學)》에 작품을 발표하면서부터 사용하기 시작하였다. 초기 시는 1935년 박용철에 의하여 발간된《영랑시집》초판의 수록시편들이 해당되는데, 여기서는 자연에 대한 깊은 애정이나 인생 태도에 있어서의 역정(逆情) · 회의 같은 것은 찾아볼 수 없다. '슬픔'이나 '눈물'의 용어가 수없이 반복되면서 그 비애의식은 영탄이나 감상에 기울지 않고, '마음'의 내부로 향해져 정감의 극치를 이루고 있다. 그의 초기 시는 같은 시문학동인인 정지용 시의 감각적 기교와 더불어 그 시대 한국 순수시의 극치를 보여주고 있다. 그러나 1940년을 전후하여 민족항일기 말기에 발표된 〈거문고〉〈독(毒)을 차고〉〈망각(忘却)〉〈묘비명(墓碑銘)〉등 일련의 후기 시에서는 그 형태적인 변모와 함께 인생에 대한 깊은 회의와 '죽음'의 의식이 나타나 있다.

이상

李箱. 1910~1937. 시인 · 소설가. 현대시사를 논할 때 결코 빼놓을 수 없는 시인이며, 1930년대에 있었던 1920년대의 사실주의, 자연주의에 반발한 모더니즘 운동의 기수였다. 그는 건축가로 일하다가 작품을 발표하였으며, 전위적이고 해체적인 글

쓰기로 한국의 모더니즘 문학사를 개척한 작가로 평가받고 있다. 겉으로는 서울 중인 계층 출신으로 총독부 기사였던 평범한 사람이지만, 20세부터 죽을 때까지 폐병으로 인한 각혈과 지속적인 자살충동 등 평생을 죽음의 공포 속에서 살아야 했던 기이한 작가였다. 한국 역사상 가장 독창적인 시와 소설을 창작한 바탕에는 이런 공포가 늘 그의 삶에 있었기 때문일지도 모른다.

한용운

韓龍雲. 1879~1944. 일제 강점기의 시인, 승려, 독립운동가. 본관은 청주. 호는 만해(萬海)이다. 불교를 통해 혁신을 주장하며 언론 및 교육 활동을 했다. 그는 작품에서 퇴폐적인 서정성을 배격하였으며 조선의 독립 또는 자연을 부처에 빗대어 '님'으로 형상화했으며, 고도의 은유법을 구사했다. 1918년《유심》에 시를 발표하였고, 1926년 〈님의 침묵〉 등의 시를 발표하였다. 〈님의 침묵〉에서는 기존의 시와, 시조의 형식을 깬 산문시 형태로 시를 썼다. 소설가로도 활동하여 1930년대부터는 장편소설《흑풍(黑風)》《철혈미인(鐵血美人)》《후회》《박명(薄命)》 단편소설《죽음》 등을 비롯한 몇 편의 장편, 단편 소설들을 발표하였다. 1931년 김법린 등과 청년승려 비밀결사체인 만당(卍黨)을 조직하고 당수로 취임했다. 한용운은 교우관계에 있어서도 좋고 싫음이 분명하여, 친일로 변절한 시인들에 대해서는 막말을 하는가 하면 차갑게 모른 체했다고 한다.

변영로

卞榮魯. 1898~1961. 시인, 영문학자, 대학 교수, 수필가, 번역문학가이다. 신문학 초창기에 등장한 신시의 선구자로서, 압축된 시구 속에 서정과 상징을 담은 기교를 보였다. 민족의식을 시로 표현하고 수필에도 재능이 있었다. 그의 시작 활동은 1918년《청춘》에 영시 〈코스모스(Cosmos)〉를 발표하면서부터 시작되었는데 당시에는 천재시인이라는 찬사를 받기도 하였다. 그의 작품들은 부드럽고 정서적이어서 한때 시단의 주목을 받았으며, 작품 기저에는 민족혼을 일깨우고자 한 의도도 깔려 있었다. 대표작으로 〈논개〉를 들 수 있다.

강경애

姜敬愛. 1907~1943. 시인. 소설가. 하층민의 입장을 자세히 그렸고, 사회의식을 바탕으로 민족 · 민중 · 여성의 해방을 동시에 추구했다. 대표작으로 〈인간문제〉가 있다. 가난한 농민의 딸로 태어나 4세 때 아버지를 잃고, 7세 때 개가한 어머니를 따라 장연으로 갔다. 어린시절을 의붓형제들과의 원만하지 못한 분위기 속에서 외롭게 보냈다. 10세 때 초등학교에 들어가 신식 교육을 받았다. 이때부터 〈춘향전〉〈장화

홍련전〉 등의 고전소설을 닥치는 대로 읽고 마을 사람들에게 이야기해주었는데, 말솜씨가 뛰어나 '도토리 소설쟁이'라는 별명을 얻었다. 15세 때 의붓아버지마저 죽자 의붓형부의 도움으로 평양숭의여학교에 들어가 서양문학을 공부했다. 3학년 때 동맹휴학에 앞장섰다가 퇴학당했다. 퇴학 후 고향으로 돌아가 흥풍야학교를 세워 잠시 계몽운동을 하다가, 고향 선배인 양주동과 함께 서울로 올라와 금성사에서 동거하며 동덕여학교 3학년에 편입했다. 그러나 1년 후 다시 고향으로 돌아가 근우회 장연지부에서 활동했다. 1932년 장연군청에 근무하던 장하일과 혼인한 뒤, 만주로 건너가 남편은 동흥중학교 교사로 일했고 그녀는 소설을 썼다. 생활이 궁핍해지자 같은 해 고향으로 돌아왔다가, 1933년 다시 간도 용정으로 가서 소설창작에 전념했다. 만주에 있는 문학동인으로 이루어진 '북향'에 참여했고, 〈조선일보〉 간도지국장을 맡기도 했다. 1939~42년에 건강이 악화되어 귀국한 후, 창작 활동을 중단한 채 지내다가 37세의 나이로 사망했다.

고석규

高錫珪. 1932~1958. 시인이자 문학평론가. 함경남도 함흥 출생. 의사 고원식(高元植)의 외아들이다. 함흥에서 고등학교를 마치고 월남하여 6·25전쟁 때 자진입대했다. 부산대학교 문리과대학 국문학과를 거쳐 같은 대학원을 졸업하고, 강사로 있었다. 시뿐 아니라 참신한 평론가로서 주목을 받았으나 문학에 대한 열망으로 지나치게 몸을 혹사하여 26세의 젊은 나이에 심장마비로 생을 달리했다. 1953년의 평론 〈윤동주의 정신적 소묘(精神的素描)〉는 윤동주 시에 대한 최초의 연구로 평가되는데, 윤동주 시의 내면의식과 심상, 그리고 심미적 요소들을 일제 암흑기 극복을 위한 실존적 몸부림으로 파악하였다. 이는 윤동주 연구의 초석이라 평가되고 있다.

권태응

權泰應. 1918~1951. 일제강점기의 독립운동가이자 시인. 1935년 경성제일공립고등보통학교(지금의 경기고등학교) 재학 중 최인형, 염홍섭 등과 함께 항일비밀결사단체에 가입하여 민족의식을 키우던 중 졸업 직전 친일 발언을 한 학생을 구타하여 종로경찰서에서 조사를 받았다. 졸업 후 일본 와세다대학에 재학하던 중 고교 동창인 염홍섭 등과 독서회를 조직하여 조국의 독립과 새로운 사회 건설에 대해 논했다. 1938년 일본 경찰에 체포되어 3년의 징역형을 선고받고 복역하던 중 폐결핵으로 풀려났으나 대학에서는 퇴학당했다. 1941년 고향으로 돌아와 농사를 지으며 야학을 운영하고 창작활동에 전념하였다. 한국전쟁 때 약을 구하지 못해 병이 악화되어 별세하였다. 대표작은 동시 '감자꽃'이다.

권환

權煥. 1903~1954. 경상남도 창원 출생. 1930년대 초 프로문학의 볼셰비키화를 주도한 대표적인 사회주의적 성격의 활동을 많이 한 시인이자 비평가이다. 1925년 일본 유학생잡지《학조》에 작품을 발표하였고, 1929년《학조》필화사건으로 또 다시 구속되었다. 이 시기 일본 유학중인 김남천 · 안막 · 임화 등과 친교를 맺으며 카프 동경지부인 무신자사에서 활약하는 등 진보적 지식인의 면모를 보였다. 1930년 임화 등과 함께 귀국, 이른바 카프의 소장파로서 구카프계인 박영희 · 김기진 등을 따돌리고 카프의 주도권을 장악하였다.

김명순

金明淳. 1896~1951. 우리나라 최초의 여성 소설가. 아버지는 명문이며 부호인 김가산이고, 어머니는 그의 소실이었다. 그러나 어린 나이에 부모를 여의고 고아로 자랐다. 1911년 서울에 있는 진명(進明)여학교를 다녔고 동경에 유학하여 공부하기도 했다. 그녀는 봉건적인 가부장적 제도에 환멸을 느끼게 되며 이는 그녀의 이후 삶과 작품에 지대한 영향을 미치게 된다. 전통적인 남녀간의 모순적 관계를 극복하는 새로운 연애를 갈망했으며 남과여의 주체적인 관계만이 올바르다고 생각했다. 이 시기에《청춘(靑春)》지의 현상문예에 단편소설《의심(疑心)의 소녀》가 당선되어 문단에 데뷔하였다.《의심의 소녀》는 전통적인 남녀관계에서 결혼으로 발생하는 비극적인 여성의 최후를 그려내는 작품이며 이 작품을 통해 여성해방을 위한 저항 정신을 표현하였다. 그후에 단편《칠면조(七面鳥)》(1921),《돌아볼 때》(1924),《탄실이와 주영이》(1924),《꿈 묻는 날 밤》(1925) 등을 발표하고, 한편 시《동경(憧憬)》《옛날의 노래여》《창궁(蒼穹)》《거룩한 노래》등을 발표했다. 1925년에 시집《생명의 과실(果實)》을 출간하는 등 활발한 활동을 보였으나, 그후 일본 동경에 가서 작품도 쓰지 못하고 가난에 시달리다 복잡한 연애사건으로 정신병에 걸려 사망했으며 그녀의 죽음에 관해서는 정확하게 알려진 내용이 없다. 김동인(金東仁)의 소설《김연실전》의 실제 모델로 알려진 개화기의 신여성이다.

김상용

金尙鎔. 1902~1951. 시인 · 영문학자 · 교육자. 경기도 연천 출생. 시조 시인 김오남(金午男)이 여동생이다. 1917년 경성제일고등보통학교 입학, 1919년 3 · 1운동 관련으로 제적되어 보성고등보통학교로 전학, 1921년 졸업했다. 이듬해인 1922년 일본 릿쿄대학 영문과에 입학, 1927년에 졸업했다. 귀국 후 보성고등보통학교 교사로 재직하면서 1930년 경부터《동아일보》등에 시를 게재했고, 에드거 앨런 포의 〈애너벨리〉《신생(新生)》27, 1931.1), 키츠(J. Keats)의 〈희랍고옹부(希臘古甕賦)〉

《신생》 31, 1931.5) 등의 외국문학을 번역·소개했다. 1933년부터 이화여자전문학교 영문과 교수로 근무하면서, 1938년 〈남으로 창을 내겠오〉를 수록한 시집《망향(望鄕)》을 출판했다.

김억

金億. 1895~미상. 1910년대 후반 낭만주의 성향의《폐허》와《창조》동인으로 활동했으며,《창조》《폐허》《영대》《개벽》《조선문단》《동아일보》《조선일보》등에 시·역시(譯詩)·평론·수필 등 많은 작품을 발표했다. 김소월(金素月)의 스승으로서 김소월을 민요시인으로 길러냈고, 자신도 뒤에 민요조의 시를 주로 많이 썼다. 김억은 1924년에는 동아일보 학예부 기자로 입사 당시까지 낯설었던 해외 문학 이론을 처음 소개함과 동시에 개인의 정감을 자유롭게 노래하는 한국 자유시의 지평을 개척한 인물로 평가된다.

노자영

盧子泳. 1898~1940. 시인·수필가. 호는 춘성(春城). 출생지는 황해도 장연(長淵) 또는 송화군(松禾郡)으로 전해지고 있지만 정확한 것은 알 수가 없다. 평양 숭실중학교를 졸업하고 고향의 양재학교에서 교편 생활을 한 적이 있으며, 1919년 상경하여 한성도서주식회사에 입사하였다. 1935년에는 조선일보사 출판부에 입사하여《조광(朝光)》지를 맡아 편집하였다. 1938년에는 기자 생활을 청산하고 청조사(靑鳥社)를 직접 경영한 바 있다. 그의 시는 낭만적 감상주의로 일관되고 있으나 때로는 신선한 감각을 보여주기도 한다. 산문에서도 소녀 취향의 문장으로 명성을 떨쳤다.

박용철

朴龍喆. 1904~1938. 시인. 문학평론가. 번역가. 전라남도 광산(지금의 광주광역시 광산구) 출신. 아호는 용아(龍兒). 배재고등보통학교를 거쳐 일본에서 수학하였다. 일본 유학 중 김영랑을 만나 1930년《시문학》을 함께 창간하며 문학에 입문했다. 〈떠나가는 배〉 등 식민지의 설움을 드러낸 시로 이름을 알렸으나, 정작 그는 이데올로기나 모더니즘은 지양하고 대립하여 순수문학이라는 흐름을 이끌었다. 〈밤기차에 그대를 보내고〉〈싸늘한 이마〉〈비 내리는 날〉 등의 순수시를 발표하며 초기에는 시작 활동을 많이 했으나, 후에는 주로 극예술연구회의 회원으로 활동하면서 해외 시와 희곡을 번역하고 평론을 발표하는 활동을 하였다. 1938년 결핵으로 요절하여 생전에 자신의 작품집은 내지 못하였다.

박인환

朴寅煥. 1926~1956. 강원도 인제군 인제면 상동리에서 출생했다. 평양 의학 전문학교를 다니다가 8 · 15 광복을 맞으면서 학업을 중단, 종로 2가 낙원동 입구에 서점 마리서사를 개업했다. 한국전쟁이 일어나자, 9 · 28 수복 때까지 지하생활을 하다가 가족과 함께 대구로 피난, 부산에서 종군기자로 활동했다. 조선청년문학가협회 시부가 주최한 '예술의 밤'에 참여하여 시 〈단층(斷層)〉을 낭독하고, 이를 예술의 밤 낭독시집인 《순수시선》(1946)에 발표함으로써 등단했다. 〈거리〉〈남풍〉〈지하실〉 등을 발표하는 한편 〈아메리카 영화시론〉을 비롯한 많은 영화평을 썼고, 1949년엔 김경린, 김수영 등과 함께 5인 합동시집 《새로운 도시와 시민들의 합창》을 발간하여 본격적인 모더니즘의 기수로 주목받기 시작했다. 1955년 《박인환 시선집》을 간행하였고 그 다음 해인 1956년에 31세의 나이에 심장마비로 자택에서 별세하였다. 혼란한 정국과 전쟁 중에도, 총 173편의 작품을 남기고 타계한 박인환은, 암울한 시대의 절망과 실존적 허무를 대변했으며, 그가 사망한 지 20년 후인 1976년에 시집 《목마와 숙녀》가 간행되었다.

방정환

方定煥. 1899~1931. 아동문학가. 어린이운동의 창시자이자 선구자. 호는 소파(小波). 아동을 '어린이'라는 용어로 격상시키고, 1922년 5월 1일 처음으로 '어린이의 날'을 제정하고, 1923년 3월 우리나라 최초 순수 아동잡지 《어린이》를 창간했다. 생전에 발간한 책은 《사랑의 선물》이 있고, 그밖에 사후에 발간된 《소파전집》(1940), 《소파동화독본》(1947), 《칠칠단의 비밀》(1962), 《동생을 찾으러》(1962), 《소파아동문학전집》(1974) 등이 있다.

심훈

沈熏. 1901~1936. 소설가 · 시인 · 영화인. 1933년 장편 〈영원(永遠)의 미소(微笑)〉를 《조선중앙일보(朝鮮中央日報)》에 연재하였고, 단편 〈황공(黃公)의 최후(最後)〉를 탈고하였다(발표는 1936년 1월 신동아). 1934년 장편 〈직녀성(織女星)〉을 《조선중앙일보》에 연재하였으며 1935년 장편 〈상록수(常綠樹)〉가 《동아일보》 창간15주년 기념 장편소설 특별공모에 당선, 연재되었다. 〈동방의 애인〉〈불사조〉 등 두 번에 걸친 연재 중단사건과 애국시 〈그날이 오면〉에서 알 수 있듯이 그의 작품에는 강한 민족의식이 담겨 있다. 〈영원의 미소〉에는 가난한 인텔리의 계급적 저항의식, 식민지 사회의 부조리에 대한 비판정신, 그리고 귀농 의지가 잘 그려져 있으며 대표작 〈상록수〉에서는 젊은이들의 희생적인 농촌사업을 통하여 강한 휴머니즘과 저항의식을 고취시킨다.

오일도

鳴一島. 1901~1946. 시인. 작품활동보다는 순수 시 전문잡지《시원》을 창간하여 한국 현대시의 발전에 기여하였다는 점에서 더 중요한 의미를 지닌 시인이다. 1935년 2월 시 전문잡지《시원(詩苑)》을 창간하였으나 1935년 12월 5호로 중단되었다. 1936년《을해명시선(乙亥名詩選)》을 출판하였고 1938년 조지훈(趙芝薰)의 형 조동진(趙東振)의 유고시집《세림시집》을 출판하였다. 1942년 낙향하여 수필《과정기(瓜亭記)》를 집필하였다. 낭만주의에 기반한 그의 시는 자연스러운 감정을 자유롭게 표현하고 있다.

오장환

鳴章煥. 1918~?. 충북 보은 태생. 경기도 안성으로 이주하여 1930년 안성보통학교를 졸업하였고, 휘문고보를 중퇴한 후 잠시 일본 유학을 했다. 그의 초기시는 서자라는 신분적 제약과 도시에서의 타향살이, 그에 따른 감상적인 정서와 관념성이 형상화되었다. 1936년《조선일보》《낭만》등에 발표한〈성씨보〉〈향수〉〈성벽〉〈수부〉등이 이런 경향을 잘 보여주고 있다. 1937년에 시집《성벽》, 1939년에《헌사》를 간행하였다. 그의 시작 전체에는, 고향에 대한 그리움이 일관되게 나타난다. 오장환의 작품에서 그리움은, 도시의 신문물을 비판적으로 바라보는 비판 정신이기도 하고, 어떤 때는 고향과 육친에 대한 그리움, 또한 광복 이후 조국 건설에 대한 지향이기도 하다.

윤곤강

尹崑崗, 1911~1949. 충청남도 서산 출생의 시인이다. 본명은 붕원(朋遠). 1933년 일본 센슈 대학을 졸업했으며, 1934년《시학(詩學)》동인의 한 사람으로 문단에 등장했다. 초기에는 카프(KAPF)파의 한 사람으로 시를 썼으나 곧 암흑과 불안, 절망을 노래하는 퇴폐적 시풍을 띠게 되었고 풍자적인 시를 썼다. 그의 시는 초기에 하기하라 사쿠타로오와 보들레르의 영향을 받았고, 해방후에는 전통적 정서에 대한 애착과 탐구로 기울어지기 시작하였다. 시집으로《빙하》《동물시집》《살어리》《만가》등이 있고, 시론집으로《시와 진실》이 있다.

이병각

李秉珏. 1910~1941. 이병각은 카프가 해체된 시기인 1935~36년부터 평론, 산문, 시에 이르는 장르의 경계를 넘나들며 자유롭게 작품활동을 하였지만, 요절하여, 그 활동 기간은 카프 해소 이후 10여 년뿐이다. 현실도피적인 성향인 데다 후두결핵으로 문단활동도 활발하게 하지 못하였다. 그는 병든 몸으로 직접 한지에다 모필로 시집을 묶었는데, 그 첫 장에는 '가장 괴로운 시대에 나를 나허주신 어머님께 드리노라'(1940년 2월)라고 쓰여 있다.

이상화

李相和. 1901~1943. 시인. 경상북도 대구 출신. 7세에 아버지를 잃고, 14세까지 가정 사숙에서 큰아버지 이일우(李一雨)의 훈도를 받으며 수학하였다. 18세에 경성중앙학교(지금의 중앙중·고등학교) 3년을 수료하고 강원도 금강산 일대를 방랑하였다. 1917년 대구에서 현진건(玄鎭健)·백기만·이상백(李相佰)과 《거화(炬火)》를 프린트판으로 내면서 시작 활동을 시작하였다. 21세에는 현진건의 소개로 박종화(朴鍾和)를 만나 홍사용(洪思容)·나도향(羅稻香)·박영희(朴英熙) 등과 함께 '백조(白潮)' 동인이 되어 본격적인 문단 활동을 시작하였다. 그의 후기 작품 경향은 철저한 회의와 좌절의 경향을 보여주는데 그 대표적 작품으로는 〈역천(逆天)〉(시원, 1935)·〈서러운 해조〉(문장, 1941) 등이 있다. 문학사적으로 평가하면, 어떤 외부적 금제로도 억누를 수 없는 개인의 존엄성과 자연적 충동(情)의 가치를 역설한 이광수(李光洙)의 논리의 연장선상에 놓여 있는 '백조파' 동인의 한 사람이다. 동시에 그 한계를 뛰어넘은 시인으로, 방자한 낭만과 미숙성과 사회개혁과 일제에 대한 저항과 우월감에 가득한 계몽주의와 로맨틱한 혁명사상을 노래하고, 쓰고, 외쳤던 문학사적 의의를 보여주고 있다.

이용악

李庸岳. 1914~1971. 시인. 함경북도 경성 출생. 고향에서 보통학교를 졸업한 후 1936년 일본 조치 대학(上智大學) 신문학과에서 수학했다. 1935년 3월 〈패배자의 소원〉을 처음으로 《신인문학》에 발표하면서 작품활동을 시작했다. 같은 해 〈애소유언(哀訴遺言)〉〈너는 왜 울고 있느냐〉〈임금원의 오후〉〈북국의 가을〉 등을 발표하는 등 왕성하게 창작활동을 했으며, 《인문평론(人文評論)》지의 기자로 근무하기도 했다. 1937년 첫번째 시집 《분수령》을 발간하였고, 이듬해 두번째 시집 《낡은 집》을 도쿄에서 간행하였다. 그는 초기, 소년시절의 가혹한 체험, 고학, 노동, 끊임없는 가난, 고달픈 생활인으로서의 고통 등 자신의 체험을 뛰어난 서정시로 읊었다. 이러한 개인적 체험을 일제 치하 유민(遺民)의 참담한 삶과 궁핍한 현실로 확대시킨 점에 이용악의 특징이 있다. 1946년 광복 후 조선문학가동맹의 시 분과 위원으로 활동하면서 《중앙신문》 기자로 생활했다. 이 시기에 시집 《오랑캐꽃》을 발간했다.

이육사

李陸史. 1904~1944. 독립운동가이자 시인. 개명은 이활(李活), 자는 태경(台卿). 아호 육사(陸史)는 대구형무소 수감번호 '이육사(二六四)'에서 취음한 것이다. 작품 발표 때 '육사'와 '二六四(이육사)' 및 활(活)을 사용하였다. 일제 강점기에 시인이자 독립운동가로서 강렬한 민족의식을 갖추고 있던 이육사는 각종 독립운동단체에 가담하여 항일투쟁을 했고 생애 후반에는 총칼 대신 문학으로 일제에 저항했던 애국지사였다. 1935년 시조 〈춘추삼제(春秋三題)〉와 시 〈실제(失題)〉를 썼으며, 1937년 신석초 · 윤곤강 · 김광균 등과 《자오선》을 발간하여 〈청포도〉〈교목〉〈파초〉 등의 상징적이면서도 서정이 풍부한 목가풍의 시를 발표했다.

이장희

李章熙. 1900~1929. 시인. 본명은 이양희(李樑熙), 아호는 고월(古月). 대구 출신. 1920년에 이장희(李樟熙)로 개명하였으나 필명으로 장희(章熙)를 사용한 것이 본명처럼 되었다. 문단의 교우 관계는 양주동 · 유엽 · 김영진 · 오상순 · 백기만 · 이상화 등 극히 제한되어 있었다. 세속적인 것을 싫어하여 고독하게 살다가 1929년 11월 대구 자택에서 음독자살하였다. 이장희의 전 시편에 나타난 시적 특색은 섬세한 감각과 시각적 이미지, 그리고 계절의 변화에 따른 시적 소재의 선택에 있다. 대표작 〈봄은 고양이로다〉는 다분히 보들레르와 같은 발상법을 바탕으로 하고 있는데 '고양이'라는 한 사물이 예리한 감각으로 조형되어 생생한 감각미를 보이고 있다. 이 시는 작자의 순수지각(純粹知覺)에서 포착된 대상인 고양이를 통해서 봄이 주는 감각을 집약적으로 표현하고 있다. 1920년대 초반의 시단은 퇴폐주의 · 낭만주의 · 자연주의 · 상징주의 등 서구 문예사조에 온통 휩싸여 퇴폐성이나 감상성이 지나치게 노출되어 있었음에도 불구하고, 그의 시는 섬세한 감각과 이미지의 조형성을 보여주고 있다. 바로 뒤를 이어 활동한 정지용(鄭芝溶)과 함께 한국시사에서 새로운 시적 경지를 개척하였다.

이해문

李海文. 1911~1950. 시인. 이해문이 어떤 경로를 밟고 문학수업을 했는지는 정확히 밝혀져 있지는 않지만, 1930년을 전후한 시기로부터 본명 이외에 고산 또는 금오산인 등의 이름으로 지상에 많은 작품을 발표하였다. 그리고 1937년 6월에 창간된 시 동인지 《시인춘추(詩人春秋)》와 1938년 6월 창간된 《맥》 동인으로 활동하였다. 시집의 자서(自序)에서 "인생이 예술을 낳는다."는 자신의 문학관을 피력하였는데, 이는 바로 이해문의 시적 기조가 되기도 한다. 일상생활 속에서 느껴지는 감정의 자연스런 유로(流露), 곧 감상과 낭만성이 이해문의 시적 특색이다.

장정심

張貞心. 1898~1947. 시인. 개성에서 태어났다. 호수돈여자고등보통학교를 마치고 서울로 와서 이화학당유치사범과와 협성여자신학교를 졸업하고 감리교여자사업부 전도사업에 종사하였다. 1927년경부터 시작을 시작하여 많은 작품을 신문과 잡지에 발표했다. 기독교계에서 운영하는 잡지《청년(靑年)》에 발표하면서부터 등단했다. 1933년 한성도서주식회사에서 간행한《주(主)의 승리(勝利)》는 그의 첫 시집으로 신앙생활을 주제로 하여 쓴 단장(短章)으로 엮었다. 1934년 경천애인사(敬天愛人社)에서 출간된 제2시집《금선(琴線)》은 서정시·시조·동시 등으로 구분하여 200수 가까운 많은 작품을 수록하고 있다. 독실한 신앙심을 바탕으로 한 맑고 고운 서정성의 종교시를 씀으로써 선구자적 소임을 다한 여류 시인으로 높이 평가되고 있다.

정지상

鄭知常, ? ~ 1135. 고려 중기의 문인으로, 고려를 대표하는 천재시인이다. 그가 쓴 서정시는 한 시대 시의 수준을 끌어올렸고, 그는 대대로 시인의 모범이 되었다. 다른 한 편 시대의 풍운아였던 그는, 서경 천도를 주장하는 무리들과 어울려 새로운 시대를 여는 데 적극 나섰다. 그러나 정치적 포부는 좌절되었고, 우리에게 그는 다만 몇 편의 시로 기억되고 있다. 작품으로는《동문선》에〈신설(新雪)〉〈향연치어(鄕宴致語)〉가,《동경잡기(東京雜記)》에〈백률사(栢律寺)〉〈서루(西樓)〉 등이 전하며,《정사간집(鄭司諫集)》《동국여지승람》 등에도 시 몇 수가 실려 있다.

조명희

趙明熙. 1894~1938. 조선에서 태어난 소비에트 연방의 작가이다. 조선 충청북도 진천군에서 출생하였다. 세 살 때 부친을 여의고, 서당과 진천 소학교를 다녔으며, 서울 중앙 고보를 중퇴하고 북경 사관학교에 입학하려다가 일경에게 붙잡혔다. 3·1 운동에 참가하여 투옥되기도 하였다. 1923년에 희곡 〈파사〉를 발표하고, 1924년에는 시집《봄 잔디밭 위에》를 출판했다. 이 시기의 희곡이나 시는 종교적 신비주의·낭만주의의 색채가 짙었던 것으로 평가받고 있다. 1928년 소련으로 망명하여, 소련작가동맹 원동지부 지도부에서 근무했다. 하바로브스크의 한 중학교에서 일하며 동포 신문인《선봉》과 잡지《노력자의 조국》의 편집을 맡기도 하였다. 1937년 가을 스탈린 정부의 스탈린 숙청 시절에 '인민의 적'이란 죄명으로 체포되어 1938년 4월 15일에 사형언도를 받고 5월 11일 소비에트 연방 하바로브스크에서 총살되었다.

허민

許民. 1914~1943. 시인 · 소설가. 경남 사천 출신. 본명은 허종(許宗)이고, 민(民)은 필명이다. 허창호(許昌瑚), 일지(一枝), 곡천(谷泉) 등의 필명을 썼고, 법명으로 야천(野泉)이 있다. 허민의 시는 자유시를 중심으로 시조, 민요시, 동요, 노랫말에다 성가, 합창극에까지 이르는 다양한 갈래에 걸쳐 있다. 시의 제재는 산 · 마을 · 바다 · 강 · 호롱불 · 주막 · 물귀신 · 산신령 등 자연과 민속에 속하며, 주제는 막연한 소년기 정서에서부터 농촌을 중심으로 민족 현실에 대한 다채로운 깨달음과 질병(폐결핵)에 맞서 싸우는 한 개인의 실존적 고독 등을 표현하고 있다. 시〈율화촌(栗花村)〉은 단순한 복고취미로서의 자연애호에서 벗어나 인정이 어우러진 안온한 농촌공동체를 형상화함으로써 시적 비전을 제시하고자 하였다.

홍사용

洪思容. 1900~1947. 시인. 어려서 서당에서 한학을 공부하고 휘문의숙에 입학했다. 1919년 기미독립운동이 일어나자 학생운동에 가담했다가 구금되기도 했다. 그해 6월 고향에 돌아와 은거하면서 수필〈청산백운〉과 시〈푸른 언덕가으로〉를 썼다. 수필〈청산백운〉은 휘문 교우 정백과 함께 쓴 것으로 지금까지 알려진 홍사용의 최초의 작품이 되고 있다. 그의 문단활동은《백조》창간과 함께 본격화되어《개벽》《동명》《여시》《불교》《삼천리문학》등과 같은 월간지와 일간신문에 시, 소설, 희곡, 수필, 평론 등 많은 작품을 발표했다.

황석우

黃錫禹, 1895~1959. 시인. 김억, 남궁벽, 오상순, 염상섭 등과 함께 1920년《폐허》의 동인이 되어 상징주의 시 운동의 선구적인 역할을 하였다. 이듬해에는 박영희, 변영로, 노자영, 박종화 등과 함께 동인지《장미촌》의 창단동인으로 활동했으며, 1929년에는 동인지《조선시단》을 창간하였다. 시 작품들 중〈벽모의 묘〉는 상징파 시의 영향을 받은 것으로 평가되고 있다. 황석우는 우리 문학사에 있어서 중요한 위치를 점하고 있으며, 한때 그의 작품에 퇴폐적인 어휘가 많이 쓰인 것으로 인하여, 그를 세기말적 분위기에 싸인《폐허》동인의 대표격으로 평가하기도 한다.

가가노 지요니

加賀千代尼. 1703~1775. 여성 시인. 원래 이름은 '지요조(千代女)'이나 불교에 귀의했기 때문에 '지요니'라고 불린다. 나팔꽃 하이쿠로 친숙하다. 바쇼의 제자 시코가 어린 지요니의 재능을 발견하고 문단에 소개함으로써 이름이 알려졌다.

고바야시 잇사

小林一茶. 1763~1828. 고바야시 잇사는 일본 에도 시대 활약했던 하이카이시(俳諧師, 일본 고유의 시 형식인 하이카이, 즉 유머러스한 내용의 시를 짓던 사람)이다. 15세 때 고향 시나노를 떠나 에도를 향해 유랑 길에 올랐다. 그 과정에서 소바야시 지쿠아로부터 하이쿠(俳句) 등의 하이카이를 배웠다. 잇사는 39세에 아버지를 여읜 뒤, 계모와 유산을 놓고 다투는 등 어려서부터 역경을 겪은 탓에 속어와 방언을 섞어 생활감정을 표현한 구절을 많이 남겼다.

기노 쓰라유키

紀貫之. 868(?)~946. 헤이안 시대 전기의 가인이다. 기노 모치유키의 아들로, 890년대부터 문인으로 활동했다. 젊은 시절에는 일본의 가가(加賀), 미노(美濃), 도사(土佐) 등의 지방 수령으로 여러 곳을 옮겨 다녔다. 교토에서 몇몇 직위를 거친 후에, 도사 지방의 지방관으로 임명되어 930년부터 935년까지 재직했다. 도사를 다녀와서 도사에서 느낀 여러 가지 감회를 일기로 적은《도사 일기(土佐日記)》라는 작품은 일본 일기 문학의 효시로 일컬어진다. 젊은 시절부터 와카에 뛰어나 많은 작품을 남기고 있으며, 개인 와카집인《쓰라유키집(貫之集)》이 남아 있다. 905년 다이고 천황의 명령으로 기노 도모노리, 오시코치노 미쓰네, 미부노 다다미네와 함께《고금와카집》을 편찬했다.《고금와카집》에는 102수의 작품이 실려 있다.《고금와카집》에 실려 있는 전체 작품수가 1,100수라는 점을 감안할 때 그의 작품이 얼마나 중요한 위상을 차지하고 있는지 알 수 있다.

노자와 본초

野澤凡兆. 1640~1714. 가나자와 출신. 에도 시대 중기의 하이쿠 시인. 교토에서 의사를 업으로 했다. 만년에 아내와 함께 마쓰오 바쇼에게 사사했으나 자아의식이 강하여 바쇼의 말에 쉽게 따르지 않아 떠났다. 이후에도 하이쿠 활동은 계속하였다.

다이구 료칸

大愚良寬 . 1758~1831. 에도시대의 승려이자 시인. 무욕의 화신, 거지 성자로 불리는 일본의 시승이다. 시승이란 문학에 밝아, 특히 시 창작에서 뛰어난 역량을 발휘한 불교 승려를 지칭하는 말이다. "다섯 줌의 식량만 있으면 그것으로 족하다"라는 말이 뜻하듯 인간이 보여줄 수 있는 무욕과 무소유의 최고 경지를 몸으로 실천하며 살았다. 료칸은 살아가는 방도로 탁발, 곧 걸식유행(乞食遊行)을 한 것으로 유명하다. 일본 곳곳에 세워진 그의 동상 역시 대개 탁발을 하는 형상이다. 료칸은 떠돌이 생활을 하면서도 시를 써가며 내면의 행복을 유지하며 청빈을 실천했고, 그의 철학

관은 시에 그대로 담겨 있다.

다카라이 기카쿠

榎本其角. 1661~1707. 에도 시대의 하이쿠 시인으로, 1673~1681년에 아버지의 소개로 마츠오 바쇼의 문하에 들어가 시를 배웠다. 초문십철(蕉門十哲)이라 불리는 바쇼의 열 명의 제자 중 첫 번째 제자이다. 바쇼와 달리 술을 좋아했고 작풍은 화려했다. 구어체풍의 멋진 바람을 일으켰다.

다카이 기토

高井几董. 1741~1789. 30세 때 요사 부손에 입문했다. 입문 초기부터 두각을 나타내 부손을 보좌하여 일가를 묶어 냈다. 1779년에는 부손과 둘이서 오사카 · 셋츠 · 하리마 · 세토 우치 방면으로 음행의 여행에 나섰다. 온후한 성격으로 부손의 제자 모두와 친교를 가졌다. 부손 모음집을 편집하는 등 하이쿠의 중흥에 진력했다.

다카하마 교시

高浜虛子. 1874~1959. 하이쿠 시인. 소설가. 에히메현 마츠야마시 출신. 본명 기요시. 교시는 마사오카 시키(正岡子規)로부터 받은 호. 시키의 영향으로 언문일치의 사생문을 썼으며, 소세키에게 자극을 받아 사생문체로 된 소설을 쓰기 시작해 여유파의 대표적 작가로 유명해졌다. 메이지 40년대(1907)부터 소설에 주력하여 하이쿠 활동이 일시적으로 중단된 적이 있다. 1911년 4~5월에 조선을 유람하고, 7월에 《조선》을 신문에 연재한 후 1912년 2월에 단행본으로 간행했다. 1937년 예술원 회원. 1940년 일본하이쿠작가협회 회장. 1954년 문화훈장 수장. 1959년 4월 8일 85세를 일기로 사망. 대표적인 소설로 《풍류참법風流懺法》(1907), 《배해사俳諧師》(1908), 《조선》(1912), 《감 두 개》(1915) 등이 있다.

마사오카 시키

正岡子規. 1867~1902. 일본의 시인이자 일본어학 연구가. 하이쿠, 단카, 신체시, 소설, 평론, 수필을 위시해 많은 저작을 남겼으며, 일본의 근대 문학에 지대한 영향을 주었다. 메이지 시대를 대표할 정도로 전형이 될 만한 특징이 있는 문학가 중 일인이다. 병상에서 마사오카는 《병상육척(病牀六尺)》을 남기고, 1902년 결핵으로 34세의 젊은 나이에 사망한다. 《병상육척》은 결핵으로 투병하면서도 어떤 감상이나 어두운 그림자 없이 죽음에 임한 마사오카 시키 자신의 몸과 정신을 객관적으로 사생한 뛰어난 인생기록으로 평가받으며 현재까지 사랑받고 있으며, 같은 시기에 병상에서 쓴 일기인 《앙와만록(仰臥漫錄)》의 원본은 현재 효고 현 아시야 시(芦屋市)

의 교시 기념 문학관(虚子記念文学館)에 수장되어 있다.

마쓰세 세이세이

松瀬青々. 1869~1937. 일본의 시인. 세이세이는 어렸을 때 시가를 배웠는데, 그 하이쿠는 마사오카 시키에게 상찬을 받았다. 도쿄에 올라와서 한때 하이쿠 전문 잡지인《호토토기스(ホトトギス, 두견새)》의 편집에 종사했다. 오사카로 돌아온 후, 아사히 신문에 '아사히 하이단(朝日俳壇)'의 심사를 맡아 오사카 하이단의 기초를 다졌다. 초기에는 요사 부손에 심취했고 나중에는 바쇼에 심취해 연구하는 데 노력했다.

마쓰오 바쇼

松尾芭蕉. 1644~1694. 하이쿠의 완성자이며 하이쿠의 성인, 방랑미학의 창시자로 불린다. 마쓰오 바쇼는 에도 시대 전기에 해당하는 1644년 일본 남동부 교토 부근의 이가우에노에서 하급 무사 겸 농부의 아들로 태어났다. 본명은 마쓰오 무네후사이고, 어렸을 때 이름은 긴사쿠였다. 아버지가 일찍 세상을 뜨자 곤궁한 살림으로 인해 바쇼는 열아홉 살에 지역의 권세 있는 무사 집에 들어가 그 집 아들 요시타다를 시봉하며 지냈다. 두 살 연상인 요시타다는 하이쿠에 취미가 있어서 교토의 하이쿠 지도자 기타무라 기긴에게 사사하는 중이었다. 친동생처럼 요시타다의 총애를 받은 바쇼도 이것이 인연이 되어 하이쿠의 세계를 접하고 기긴의 가르침을 받게 되었다. 언어유희에 치우친 기존의 하이쿠에서 탈피해 문학적인 하이쿠를 갈망하던 이들이 바쇼에게서 진정한 하이쿠 시인의 모습을 발견했고, 산푸 · 기카쿠 · 란세쓰 · 보쿠세키 · 란란 등 수십 명의 뛰어난 젊은 시인들이 바쇼의 문하생으로 모임으로써 에도의 하이쿠 문단은 일대 전기를 맞이했다. 부유한 문하생들의 후원으로 문학적으로나 경제적으로나 안정된 생활도 보장되었다. 서른일곱 살에 '옹'이라는 경칭을 들을 정도로 하이쿠 지도자로서 성공적인 삶을 누렸으나 37세에 모든 지위와 명예를 내려놓고 작은 오두막에 은둔생활을 하고 방랑생활을 하다 길 위에서 생을 마감했다.

모리카와 교리쿠

森川許六. 1656~1715. 에도 시대 전기부터 중기까지의 하이쿠 시인. 마쓰오 바쇼에게 시를 배웠다. 일설에는 '許六'라는 이름은 그가 창술, 검술, 승마, 서예, 회화, 배해 등 6가지 재주를 갖고 있었기에 '6'의 글자를 준 것이라고 한다. 다재다능하고 세심했으며 독창적으로 시작을 했다. 바쇼 문학을 사랑했으며, 바쇼와는 사제지간이라기보다는 친한 예술적 동료로서 상호존중하고 있었다.

무카이 교라이

向井去來. 1651~1704. 나가사키 출신. 에도 시대 전기의 하이쿠 시인. 후쿠오카의 어머니쪽 숙부 구메가의 양자가 되어 무예의 도를 배우고 그 비법을 궁구하였지만 24~25세경 무도를 버리고 귀경하여 음양도의 학문을 배우러 당상가에 근무했다. 후에 마쓰모 바쇼에게 사사하여 제자가 되었다.

미사부로 데이지

彌三良低耳. 데이지는 바쇼의 《오쿠로 가는 작은 길(娛の細道)》에 하이쿠 1편이 실렸을 뿐, 지방 상인이라는 것 외에는 알려진 바가 없다.

미야자와 겐지

宮瑞惡. 1896~1933. 일본문학사상 중앙문단과 거의 관계가 없었던 이색적인 작가로, 시·동화에 커다란 영향을 미친 인물로 인정받고 있다. 1918년 모리오카 고등농림학교를 졸업한 뒤, 지질 토양비료 연구에 종사했다. 특히 히에누키 군(稗貫郡)의 토성(土性) 조사는 뒤에 그의 활동에 중요한 의미를 주었다.

그는 농림학교 재학시절부터 단카(短歌)를 짓고 산문 습작을 하기도 했으며, 졸업 후에는 동화도 몇 편 썼다. 1921년 12월 히에누키 농학교의 교사가 되었고 이듬해 11월 사랑하는 여동생 도시의 죽음을 겪었으며, 1926년 3월까지 계속 이 학교의 교사로 있었다. 이 시기, 특히 전반기는 그의 문학이 화려한 꽃을 피운 시기였는데, 대표적인 작품은 시집 《봄과 수라(春と修羅)》(1924)와 동화 《주문이 많은 요리집(注文の多い料理店)》(1924)에 실린 작품들이다.

농학교 교사시절 후반부터 농민들의 빈곤한 생활에 직면하게 된 그는 1926년 3월 하나마키로 돌아갔다. 거기서 젊은 농민들에게 농학이나 예술론을 강의하는 한편, 벼농사 지도를 위해 헌신적인 노력을 했다. 그러나 건강상태가 악화되어 병석에 눕게 되었으며 자신의 농업기술로는 농민들을 가난에서 구할 수 없다는 자각에서 비롯된 절망, 농민들의 도회지인에 대한 반감 등에 부딪혀 좌절감은 더욱 깊어만 갔다. 1933년 급성폐렴으로 37세에 요절했다. 만년에 나온 동화로는 걸작 《은하철도의 밤(銀河鐵道の夜)》 《구스코 부도리의 전기(グスコーブドリの傳記)》 등이 있다.

사이교

西行. 1118~1190. 헤이안 시대의 승려 시인이며 와카 작가(歌人)이다. 무사의 신분을 버리고 승려가 되어 일본을 노래했다. 그의 가문은 무사 집안으로 사이교 역시 천황이 거처하는 곳(황거)의 북면을 호위하는 무사였다. 하지만 그는 1140년에 돌연 출가하여 불법 수행과 더불어 일본의 전통 시가인 와카 수련에 힘썼다. 각지를 돌아다니며 많은 와카를 남겼는데,《신고금와카집(新古今和歌集)》에는 그의 작품 94편이 실려 있다. 와카(和歌)와 고시쓰(故実)에 능통하였던 사이교는 스토쿠 천황의 와카 상대를 맡기도 했으나, 호엔 6년(1140년) 23세로 출가해 엔기(円位)라 이름하였다가 뒤에 사이교(西行)로도 칭하였다.

아라키다 모리다케

荒木田守武. 1473~1549. 이세(伊勢) 하이카이의 선조. 전국(戦国)시대 내궁(内宮)의 신관(神職)이다. 내궁 네기(禰宜)인 소노다 모리히데의 9남으로 저명한 후지나미 우지쓰네의 외손이다. 신궁의 세력이 아주 쇠약하던 중세 말엽, 정사위(正四位)・일네기(一禰宜)가 되었다. 신을 모시는 한편, 이이오 소기 소장을 존경하고 사모하여 하이카이(俳諧)・연가(連歌)에 관심을 두고《신센츠쿠바슈(新撰菟玖波集)》에 투고했다. 덴분 5년(天文,1536)에 '초하루구나! 신의 시대도 생각나는구나'라고 읊었다. '가미지산 내가 지금까지 해온 일도, 앞으로 할 일도 산봉우리의 소나무 바람 소나무 바람'은 유명하다.

아리와라노 나리히라

在原業平. 825~880. 헤이안 시대의 귀족. 시인. 아리와라노 나리히라는 825년 헤이제이 천황의 첫째 황자인 아보 친왕과 간무 천황의 딸인 이토 내친왕 사이의 다섯째 아들로 태어났다. 따라서 나리히라는 헤이제이 천황의 손자이자 간무 천황의 손자이기 때문에 천황 가문의 적통이었다.《삼대실록(三代實錄)》에 의하면 아리와라노 나리히라는 수려한 외모와 자유분방하고 정열적인 삶을 살며, 당시 관료에게 필요한 한문학보다는 사적인 연애 감정 등을 읊는 와카(和歌)에 뛰어난 인물이었다고 한다.《고금와카집(古今和歌集)》에 그가 읊은 와카 30수가 실려 있고, 이 작품의 가나(假名, 일본 고유의 글자)로 된 서문에는 그의 정열적 가풍에 대한 평이 실려 있다. 와카 명인으로서 6가선, 36가선 중 한 사람인 그는 설화집《이세 모노가타리(伊勢物語)》의 주인공과 동일시되는 인물이기도 하다.

야마구치 소도

山口素堂. 1642~1716. 에도 시대 전기의 하이쿠 시인. 양조장집 장남으로 태어나 가업을 물려받았으나 동생에게 넘겼다. 기긴 문하에서 하이쿠를 배울 때 바쇼와 알게 되었다. 하이쿠 외에는 선배 격인 점이 많아 바쇼의 시 세계에 많은 영향을 미쳤다. 긴 글은 소도, 짧은 글은 바쇼'라는 말이 있다.

오스가 오쓰지

大須賀乙字. 1881~1920. 일본의 하이쿠 시인. 1908년 도쿄 대학 재학 중에 발표한 〈하이쿠 계의 새로운 추세〉로 작가로서 이름을 높였다. 40세에 요절했기 때문에 작가로서의 활동 기간은 10년 남짓에 불과하다. 헤키고토의 이론을 수용, 정형을 파괴하는 신경향 하이쿠와 후의 자유 율법 하이쿠, 신흥 하이쿠에 큰 영향을 주었다.

오시마 료타

大島蓼太. 1718~1787. 에도 시대의 하이쿠 시인. 본성은 요시카와. 마츠오 바쇼를 존경하여, 바쇼의 회귀를 주장하고 그 연구를 잇기 위해, 문하생을 3,000명 이상 양성했다. 마쓰오 부쇼 문학을 번창시키는 데 부손보다 더 큰 역할을 했다.

요사 부손

与謝蕪村. 1716~1784. 에도 시대의 하이쿠 시인. 본명 다니구치 노부아키. 요사 부손은 고바야시 잇사, 마쓰오 바쇼와 함께 하이쿠의 3대 거장으로 분류된다. 일본식 문인화를 집대성한 화가이기도 하다. 예술가가 되기 위하여 집을 떠나 여러 대가들에게 하이쿠를 배웠다. 회화에서는 하이쿠의 정취를 적용해 삶의 리얼리티를 해학적으로 표현했으며, 하이쿠에서는 화가의 시선으로 사물을 섬세하게 묘사해 아름답고 낭만적이면서도 생생하게 시작을 했다. 평소에 마쓰오 바쇼를 존경하여, 예순의 나이에 편찬한 《파초옹부합집(芭蕉翁附合集)》의 서문에 "시를 공부하려면 우선 바쇼의 시를 외우라"고 적었다. 부손에게 하이쿠와 그림은 표현 양식만이 다를 뿐 자신의 감성을 표출하는 수단이었다. 그가 남긴 그림 〈소철도(蘇鐵圖)〉는 중요지정 문화재이며, 교토의 야경을 그린 〈야색루태도(夜色樓台圖)〉도 유명하다. 이케 다이가와 공동으로 작업한 〈십편십의도(十便十宜圖)〉 역시 대표작으로 꼽힌다.

이즈미 시키부

和泉式部. 978~?. 무라사키 시키부, 세이 쇼나곤과 함께 헤이안 시대를 대표하는 3대 여류 문인으로 꼽는다. 당대 최고의 스캔들메이커로 이름을 날렸고, 1,500여 수의 와카를 남겼다. 그녀의 와카들은 다양한 연애 경험을 토대로 사랑의 감정, 인생의 고뇌를 격렬하고 솔직하게 노래하며 인간 존재를 탐구했다. 이는 천황을 비롯해 귀족들이 사랑을 주제로 와카를 읊던 당시 유행과 감정 위주의 정서를 노래하던 문학적 풍토가 마련되어 있었던 덕분이기도 하다. 인간 내면의 열정과 감정을 보편적인 시어로 묘사한 그녀의 와카들은 천 년의 세월이 지난 오늘날까지도 널리 애송될 정도로 많은 사랑을 받고 있다.

이케니시 곤스이

池西言水. 1650~1722. 에도 시대 시대 중기의 하이쿠 시인. 마쓰오 바쇼와 교유하였고, 교토에서 활약했다. 당시 그는 시대의 새로운 바람을 추구하는 급진적 하이쿠 시인이었다. '초겨울 찬바람 끝은 있었다, 바다소리'의 유행으로 '고가라시 곤스이(木枯しの言水)'로 불렸다는 일화는 유명하다.

타데나 산토카

種田山頭火. 1882~1940. 일본의 방랑시인. 호후시 출신. 5.7.5의 정형시인 하이쿠(俳句)에 자유율을 도입한 일본의 천재시인이다. 그의 평생소원은 '진정한 나의 시를 창조하는 것'과 '누구에게도 폐를 끼치지 않고 죽는 것'이었다. 그리고 하이쿠 하나만을 쓰는 데 삶을 바쳤다. 겉으로는 무전걸식하는 탁발승이었지만, 어쩔 수 없는 한량에 술고래에다 툭하면 기생집을 찾는 등 소란을 피우며 문필가 친구들에게 누를 끼쳤다. 그래도 인간적인 매력이 많아 사람들에게 사랑을 받았다. 산토카를 모델로 한 만화〈흐르는 강물처럼〉의 실제 주인공이다.

라이너 마리아 릴케

Rainer Maria Rilke. 1874~1926. 독일의 시인. 보헤미아 프라하 출생. 1886~1890년까지 아버지의 뜻을 좇아 장크트 텐의 육군실과학교를 마치고 메리시 바이스키르헨의 육군 고등실과학교에 적을 두었으나, 시인적 소질이 풍부한데다가 병약한 릴케에게는 군사학교의 생활이 정신적으로나 육체적으로나 견디기 힘들었다. 1891년에 신병을 이유로 중퇴한 후, 20세 때인 1895년 프라하대학 문학부에 입학하여 문학수업을 하였고, 뮌헨으로 옮겨 간 이듬해인 1897년 루 안드레아스 살로메를 알게 되어 깊은 영향을 받았는데, 1899년과 1900년 2회에 걸쳐서 루 안드레아스 살로메와 함께 러시아를 여행한 것이 시인으로서 릴케의 새로운 출발을 촉진하였고, 그의 진면목을 떨치게 한 계기가 되었다. 1900년 8월 말 두 번째 러시아 여행에서 돌아온 뒤, 독일 보르프스베데로 화가 친구를 찾아갔다가 거기서 여류조각가 C. 베스토프를 알게 되었고, 이듬해 두 사람은 결혼했다. 1902년 8월 파리로 가서 조각가 로댕의 비서가 되어 한집에 기거하면서 로댕 예술의 진수를 접한 것은 릴케의 예술에 커다란 영향을 주었다. 제1차세계대전 후 어느 문학 단체의 초청을 받아 스위스로 갔다가 그대로 거기서 영주하였다. 만년에는 셰르 근처의 산중에 있는 뮈조트의 성관(城館)에서 고독한 생활을 했다.《두이노의 비가(Duineser Elegien)》나《오르페우스에게 부치는 소네트(Sonnette an Orpheus)》같은 대작이 여기에서 만들어졌다. 1926년 가을의 어느 날 그를 찾아온 이집트의 여자 친구를 위하여 장미꽃을 꺾다가 가시에 찔린 것이 화근이 되어 패혈증으로 고생하다가 그 해 12월 29

일 51세를 일기로 생애를 마쳤다.

로버트 브리지스

Robert Seymour Bridges. 1844~1930. 영국의 시인. 순수하고 정직한 감정을 아름다운 운율에 표현한 시를 많이 썼다. 지주 집안에서 태어나 이튼 학교와 옥스퍼드 대학에서 공부했다. 그는 1916년에 홉킨스의 시집을 편집하여 빛을 보게 했다. 1869~1882년 의학 공부를 하고 외과의사로서 런던의 여러 병원에서 일했다. 시와 명상 및 작시법 연구에 몰두하면서 지냈다. 주요 저서로는, 소네트집《사랑의 성장》(1876), 《단시집(短詩集, Shorter Poems)》(5권, 1873~1893)이 있고, 그 밖에 장시(長詩)《미(美)의 유언(The Testament of Beauty)》이 있다.

에밀리 디킨슨

Emily Dickinson, 1830~1886. 19세기와 20세기의 문학적 감수성을 연결하는 역할을 한 소설가. 미국 매사추세츠 주의 작은 칼뱅주의 마을 애머스트에서 태어나 평생을 보냈으며, 평생 결혼하지 않다. 자연을 사랑했으며 동물, 식물, 계절의 변화에서 깊은 영감을 얻었다. 말년에는 은둔생활을 했으며 시작 활동을 했다. 에밀리 디킨슨의 시는 매우 높은 지성을 표현하고 있으며 또한 뛰어난 유머 감각도 보여준다. 운율이나 문법에서 파격성이 있어서 19세기에는 인정받지 못했으나, 20세기에는 형이상학적인 시가 유행하면서 더불어 높은 평가를 받았다.

크리스티나 로세티

Christina Georgina Rossetti. 1830~1894. 영국 런던의 샬럿 가 38번지에서 태어났다. 부친은 이탈리아 중부 지방인 아브루초에서 런던으로 정치 망명한 이탈리아 시인 가브리엘레 로세티였고 모친은 바이런과 셸리의 친구이며 내과 의사이자 작가인 존 윌리엄 폴리도리의 여동생 프란시스 폴리도리였다. 막내딸인 그녀에게는 두 명의 오빠와 한 명의 언니가 있었는데, 오빠 단테 가브리엘 로세티는 빅토리아조 후기 예술가들의 문예 운동인 라파엘 전파(Pre-Raphaelite Brotherhood)를 결성하고 이를 주도적으로 이끈 화가이자 시인이었고, 또 다른 오빠 윌리엄 마이클 로세티와 언니 마리아 프란체스카 로세티는 작가였다. 영국의 대표적인 여류 시인 중 한 명이다. 어린 시절부터 시를 몹시 좋아하였다. 그녀의 작품은 세련된 시어, 확실한 운율법, 온아한 정감이 만들어내는 시경 등으로 신비적 · 종교적 분위기를 자아냈다. 종교적 이유에 의한 두 차례의 실연으로 결혼을 단념하였으며, 그녀의 작품 중 연애시의 대부분은 좌절된 사랑의 기록이다.

프랑시스 잠

Francis Jammes. 1868~1938. 투르네 출생. 상징파의 후기를 장식한 신고전파 프랑스 시인. 상징주의 말기의 퇴폐와 회삽(晦澁)한 상징파 속에서 이에 맞선 독자적인 경지를 열었다. A.지드와의 북아프리카 알제리 여행과 약간의 파리 생활을 한 것을 빼면 일생 거의 전부를 자연 속에서 지내며 자연의 풍물을 종교적 애정을 가지고 순수하고 맑은 운율로 노래했다. S.말라르메와 지드의 지지를 받았으며, 특히 지드와는 평생의 벗으로서 두 사람의 왕복 서한은 문학적으로 높이 평가되어 1948년에 간행되었다. 주요 시집으로《새벽 종으로부터 저녁 종까지》(1898),《프리물라의 슬픔》(1901),《하늘의 빈터(Clairières dans le ciel)》(1906) 등이 있고, 아름다운 목가적인 소설에《클라라 델레뵈즈(Clara d'Ellébeuse)》(1899)가 있다. 또, 1906년부터는 종교적인 작품을 많이 창작하였는데, 그 집대성이라고 말할 수 있는《그리스도교의 농목시(農牧詩)(Les Géorgiques chrétiennes)》(1911~1912) 등이 있다. 주요 저서로《그리스도교의 농목시》《새벽종으로부터 저녁 종까지》등이 있다.

열두 개의 달 시화집 - 합본 에디션

초판 1쇄 인쇄 2023년 6월 20일
초판 1쇄 발행 2023년 7월 10일

시인 윤동주 외 64명
화가 클로드 모네, 에곤 실레, 귀스타브 카유보트, 파울 클레, 차일드 하삼,
에드워드 호퍼, 제임스 휘슬러, 앙리 마티스, 카미유 피사로,
빈센트 반 고흐, 모리스 위트릴로, 칼 라르손
발행인 정수동
발행처 저녁달

출판등록 2017년 1월 17일 제406-2017-000009호
주소 경기도 파주시 문발로 142 니은빌딩 304호
전화 02-599-0625
팩스 02-6442-4625
이메일 book@mongsangso.com
인스타그램 @moon5990625
ISBN 979-11-89217-18-1   03800